Jean Teulé

A LOJA DOS SUICIDAS

ROMANCE

TRADUÇÃO
Cordelia Magalhães
Graziella Marraccini

Ediouro

Título original
Le magasin des suicides

Preparação de texto
Tuca Faria

Revisão
Márcia Duarte
Juliana Souza

Capa e projeto gráfico
A2

Imagem de capa
Tooga / Getty Images

Dados Internacionais de Catalogação na Publicação (CIP)
(Câmara Brasileira do Livro, SP, Brasil)

Teulé, Jean
A loja dos suicidas: romance / Jean Teulé; tradução Cordelia Magalhães, Graziella Marraccini. – São Paulo: Ediouro, 2009.

Título original: Le magasin des suicides
ISBN 978-85-00-02486-3

1. Romance francês I. Título.
09-05369 CDD-843

Índices para catálogo sistemático:
1. Romances : Literatura francesa 843

Ediouro Publicações Ltda.
Rua Nova Jerusalém, 345
Bonsucesso - Rio de Janeiro - RJ - CEP: 21042-235
Tel.: (21) 3882-8200 - Fax: (21)3882-8212/8313
www.ediouro.com.br

1

É UMA PEQUENA LOJA ONDE nunca entra um raio de luz rosa e alegre. Sua única janela, à esquerda da porta de entrada, está escondida por trás de cones de papel, de caixas de papelão empilhadas. Um quadro-negro pende de uma corrente.

Suspensos no teto, alguns tubos de neon iluminam uma senhora idosa que se aproxima de um bebê num carrinho cinza.

– Oh, ele está sorrindo!

Uma outra mulher, mais jovem – a comerciante –, sentada perto da janela, em frente à caixa registradora onde faz suas contas, retruca:

– Como assim, meu filho sorriu? Não, ele não sorri. Deve ser um vinco da boca. Por que sorriria?

Em seguida ela retoma seus cálculos, enquanto a senhora contorna o carrinho do bebê, que está com a capota levantada. Sua bengala lhe confere um modo de andar e um passo bastante desajeitados. Com seus olhos mortais – obscuros e queixosos –, através do véu de sua catarata, ela insiste:

– Mas poderíamos dizer que ele sorriu.

– Isso me espanta. Ninguém jamais sorri na família Tuvache! – afirma a mãe do recém-nascido, curvando-se sobre o balcão para verificar.

A mãe ergue a cabeça, estica o pescoço de passarinho e chama:

– Mishima! Venha ver!

Um alçapão abre-se no chão como uma boca, e aparece, como uma língua, uma cabeça desprovida de cabelos.

– O que é? O que está acontecendo?

Mishima Tuvache sai do porão com um saco de cimento entre os braços, que deposita sobre o chão de ladrilhos enquanto sua mulher lhe conta:

– A cliente está dizendo que Alan sorriu.

– Mas o que você disse, Lucrèce?

Espanando um pouco do pó de cimento das mangas, Mishima aproxima-se do bebê e o contempla longamente com um ar duvidoso, antes de diagnosticar:

– É bem provável que ele esteja com cólicas. Quando isso acontece, costumam surgir uns vincos nos lábios assim... – Mishima faz a demonstração, *colocando* as mãos na horizontal, uma sobre a outra, em seu próprio rosto. – É possível confundir isso com um sorriso, mas não é. São caretas.

Em seguida, ele escorrega os dedos por baixo da capota do carrinho e chama a anciã como testemunha:

– Veja. Se eu estico os cantos de seus lábios na direção do queixo, o bebê não sorri. Ele faz cara feia, como seu irmão e sua irmã desde que nasceram.

A cliente pede:

– Solte.

O comerciante resolve soltar. A cliente exclama:

– Ah! Viu? Veja como ele sorri.

Mishima Tuvache levanta-se, enche o peito e pergunta zangado:

– O que é mesmo que a senhora queria?

– Uma corda para me enforcar.

– O teto é alto na casa onde mora? A senhora não sabe? Tome, pegue isso: dois metros deverão ser suficientes – continua ele, tirando uma corda de um armário. – O laço corrido já está feito! A senhora só precisará passar a cabeça por ele...

Enquanto paga, a velha senhora vira-se na direção do carrinho.

– Mas é uma alegria para o coração ver uma criança sorrir.

– Sim, sim, é isso mesmo! – Mishima zanga-se de novo. – Vá embora, volte para casa. A senhora tem coisa melhor para fazer agora.

A senhora idosa e desesperada se vai, com a corda enrolada sobre o ombro, debaixo de um céu cinza e tristonho. O comerciante volta para dentro da loja.

– Puxa, que bom que ela se foi! Aquela lá me aborreceu! – Ele não sorri.

A mãe permanecia perto da caixa registradora, atenta ao carrinho do bebê, que se mexe sozinho. O ranger das molas mistura-se agora com os gritinhos e as risadinhas que vêm do interior do carrinho. Plantados um de cada lado, os pais se entreolham, desesperados.

– Merda...

2

– ALAN! QUANTAS VEZES EU PRECISO REPETIR? Não se pode dizer "até logo" aos clientes que saem da loja. É preciso dizer "adeus", já que eles não voltarão mais. Quando é que irá entender?

Muito irritada, Lucrèce Tuvache esconde entre as mãos encrespadas nas costas uma folha de papel que treme no ritmo de sua cólera. Curvada sobre o caçula, que, de pé à sua frente e enfiado num pequeno calção, a olha com um ar divertido, ela o repreende, chamando sua atenção:

– Alem disso, pare de cantarolar – ela o imita – "Bom diiia!" quando as pessoas entram. O correto é dizer "Mau dia, senhora" ou "Desejo-lhe uma grande noite, senhor". E, sobretudo, não sorria mais! Quer espantar a clientela? E o que é essa mania de receber as pessoas abrindo esses seus olhos redondos e agitando os dedos indicadores no ar, levantados de cada lado de suas orelhas? Você acha que os outros vêm aqui para contemplar seu sorriso? Está ficando insuportável, esse troço. Vamos colocar um aparelho em sua boca ou operá-lo!

A senhora Tuvache, uma mulher de um metro e sessenta e no final de seus quarenta anos, está furibunda. Os cabelos castanhos e bem curtos foram presos atrás das orelhas, e uma mecha oblíqua que cai sobre a testa dá impulso ao seu penteado.

Quanto aos cachos louros de Alan, eles voam como sob o efeito de um ventilador diante dos gritos da mãe, que tira a folha de papel que escondia às costas.

– E tem mais: o que significa este desenho que você trouxe da escola?

Com a mão direita, ela estende a folha à sua frente ao mesmo tempo que faz a descrição, tamborilando com o dedo indicador da mão esquerda, enraivecida.

– Um caminho que leva a uma casa com porta e janelas abertas diante de um céu azul onde brilha um grande sol! Diga-me, não há nuvens nem poluição na sua paisagem? Onde estão os pássaros migratórios que defecam seus vírus asiáticos sobre nossas cabeças? E as radiações, as explosões terroristas? Isso é totalmente irreal. Venha ver o que Vincent e Marilyn desenhavam quando tinham a sua idade!

Lucrèce desloca-se com seu robe ao longo de uma gôndola onde está exposta uma boa quantidade de frascos brilhantes e dourados. Ela passa diante do filho mais velho, um rapaz de quinze anos, magro, que rói as unhas e morde o lábio sob um crânio todo enfaixado. Perto dele, Marilyn (doze anos e um pouco gorda), estatelada sobre um banquinho, esmaga sua atonia – com um bocejo, ela engoliria o mundo – enquanto Mishima desce a grade de ferro e começa a apagar alguns tubos de neon. A mãe abre uma gaveta sob a caixa registradora e, de um caderno de pedidos, tira duas folhas de papel dobrado.

– Veja como este desenho de Marilyn é sombrio. E este aqui, de Vincent: barras de ferro na frente de um muro de tijolos! A isso, eu digo sim. Aqui está um menino que entendeu alguma coisa sobre a existência! Esse pobre anoréxico sofre tanto com enxaquecas que acredita que seu crânio irá explodir sem a atadura. Mas ele é o artista da família, nosso Van Gogh!

E a mãe o cita como exemplo:

– O suicídio, ele tem isso no sangue. Um verdadeiro Tuvache. Enquanto você, Alan...

Vincent, polegar na boca, vem agachar-se junto à genitora.

– Eu queria voltar para seu ventre, mamãe.

– Sei disso – ela responde, acariciando as faixas da atadura, continuando a descrever o desenho do pequeno Alan. – Quem é essa boneca de pernas compridas que você desenhou e que parece atarefada perto da casa?

– Essa é Marilyn – afirma a criança de seis anos.

Ao ouvir essas palavras, com os ombros recolhidos, a menina Tuvache ergue a cabeça devagar, com os cabelos a esconder quase por completo o rosto e o nariz vermelho.

A mãe espanta-se.

– Por que a fez tão ocupada e bonita? Você sabe muito bem que ela sempre se diz inútil e feia.

– Eu acho ela bonita.

Marilyn coloca as palmas das mãos sobre as orelhas, levanta-se de seu banquinho e corre para o fundo da loja, gritando e subindo as escadas que levam para o apartamento.

– Pronto, agora ele fez a irmã chorar! – grita a mãe, enquanto o pai apaga os últimos tubos de neon da loja.

3

– **DEPOIS DE TER SE LAMENTADO** pela morte de Marco Antônio, a rainha do Egito coroou-se com flores e fez com que lhe preparassem um banho.

Sentada na cama de Marilyn, a mãe conta à filha a história do suicídio de Cleópatra para fazê-la adormecer:

– Após ter se banhado, a rainha sentou-se à mesa e comeu uma refeição suntuosa. Então, um homem chegou do campo trazendo uma cesta para Cleópatra. Como os guardas perguntaram o que continha a cesta, ele a abriu, afastou as folhas e mostrou que estava cheia de figos. Os guardas admiraram a beleza e o tamanho dos frutos; o homem sorriu e convidou-os a experimentá-los. Tendo ganhado assim sua confiança, deixaram-no entrar com o que carregava.

Marilyn, deitada de costas e com os olhos vermelhos, fita o teto escutando a bela voz da mãe, que continua:

– Cleópatra fez sua refeição. Em seguida, apanhou uma pequena tábua lacrada em que havia escrito e mandou que fosse enviada a Otávio. Então, ordenando que todos saíssem, com exceção de uma serva, fechou a porta.

Marilyn baixa as pálpebras e respira, mais calma.

– Quando Otávio quebrou o lacre da tabuinha e leu as orações e súplicas de Cleópatra para que ela fosse enterrada com Marco Antônio, compreendeu logo o que a rainha fizera. Pensou em ir ele mesmo em seu socorro, mas acabou enviando alguns emissários para ver o que tinha ocorrido. O drama fora rápido, porque, quando eles chegaram correndo, surpreenderam os guardas, que não tinham percebido nada. E, abrindo a porta, encontraram Cleópatra morta, deitada em uma cama dourada e vestindo trajes de rainha. Sua escrava, chamada Iras, arrumava a tiara nos cabelos da ama. Um dos homens disse-lhe, encolerizado: "Ah, está muito bonito, Iras! Muito bonito e digno da descendente de tantos reis." A serpente que havia sido trazida com os figos estava bem escondida, pois Cleópatra assim ordenara, de maneira que o réptil a atacasse sem que ela mesma percebesse. Mas, ao tirar os figos, ela a vira e dissera: "Ah, aqui está..." Sem demora, desnudou o braço e o ofereceu à mordida.

Marilyn abre os olhos, como hipnotizada. A mãe acaricia-lhe os cabelos, terminando o conto:

– Descobriram no braço de Cleópatra duas pequenas mordidas leves e pouco distintas. Otávio, apesar de desesperado pela morte daquela mulher, admirou sua grandeza de alma e a enterrou com magnificência real ao lado de Marco Antônio.

– Se eu tivesse lá, tinha feito com a serpente um sapato bonito para Marilyn ir dançar na discoteca Kurt Cobain! – diz Alan, de pé no batente da porta do quarto da irmã.

Lucrèce vira-se abruptamente e franze as sobrancelhas para o menino.

– Você: já para a cama! Nós não lhe pedimos nada! – E, ao se levantar, promete à filha: – Amanhã à noite vou lhe contar como Sapho se jogou no mar, do alto de uma falésia, por causa dos belos olhos de um jovem pastor.

– Mamãe – choraminga Marilyn –, quando eu crescer, posso ir dançar com os rapazes na discoteca?

– Mas é claro que não! Não escute seu irmãozinho. Ele só fala besteiras. Como pode imaginar que os homens irão querer dançar com uma gorducha tal como você se vê? Vamos, teça alguns pesadelos, será mais inteligente.

Com seu belo rosto sério, Lucrèce Tuvache junta-se ao marido no quarto do casal no momento em que se ouve tocar, lá embaixo, a campainha da emergência.

– Ah, sim, é verdade, esta noite estamos de plantão... – Mishima suspira. – Eu vou.

Ele desce as escadas no escuro, resmungando:

– Ora, não se enxerga nada. Ainda vou acabar quebrando a cara!

No alto da escada, Alan propõe:

– Papai, em vez de reclamar do esculo, acenda a luz.

– Ah, você, o senhor sabe-tudo, com seus conselhos!

Mas, apesar disso, o pai escuta o filho e, sob a luz da lâmpada crepitante que ilumina a escada, chega à loja, onde acende uma fileira de tubos de neon.

Quando ele volta para o quarto, a mulher, encostada num travesseiro e com uma revista na mão, pergunta-lhe:

– Quem era?

– Não conheço. Um desesperado de passagem com um revólver vazio. Achei o que ele precisava nas embalagens de munição perto da janela, para que possa dar um tiro na própria cabeça. O que você está lendo?

– As estatísticas do ano passado: um suicídio a cada quarenta minutos, cento e cinquenta mil tentativas, doze mil mortos. É enorme...

– Sim, é enorme o número de pessoas que falham. Felizmente estamos aqui. Apague a luz, minha querida.

– Apague a luz, meu amor.

Do outro lado da parede, a voz de Alan ressoa:

– Durma bem, mamãe. Durma bem, papai.

Os pais suspiram.

4

– LOJA DOS SUICIDAS, POIS NÃO?

A senhora Tuvache, num *chemisier* vermelho-sangue, atende ao telefone e pede "Espere na linha, senhor", enquanto devolve o troco a uma cliente com os traços descompostos pela angústia. Quando a cliente vai embora, leva consigo um saco biodegradável onde de um lado pode-se ler "Loja dos Suicidas" e do outro "Sua vida foi um fracasso? Conosco, sua morte será um sucesso".

Lucrèce despede-se da cliente:

– Adeus, senhora. – Em seguida, pega o telefone. – Alô? Ah, como vai, senhor Tchang? Sim, é claro que lembro do senhor: a corda, esta manhã, não é isso? O senhor... O que o senhor deseja? Não compreendo – o cliente provavelmente fala de um celular. – Quer nos convidar para o seu enterro? Ora, mas é muito gentil! Quando será? O senhor já está com a corda no pescoço? Sim, hoje é terça-feira, amanhã quarta... então a cerimônia acontecerá na quinta-feira. Não, não desligue, vou perguntar ao meu marido.

Ela grita para o fundo da loja, perto da seção dos refrigerados:

– Mishima! Estou com o senhor Tchang no telefone. Você sabe, o zelador da Cidade das Religiões Esquecidas. Sim, aquele da Torre Maomé. Ele gostaria de nos convidar para o enterro dele na quinta-feira. Não é o dia em que o novo representante da Eu

Não Ligo para a Morte deve vir? Ah, é na quinta-feira seguinte. Então está bem.

Ela volta para o aparelho.

– Alô? Senhor Tchang? Alô? – Lucrèce desliga, constatando: – As cordas. Simples, mas eficaz! Preciso me lembrar de encomendar mais cânhamo. Com as festas que se aproximam... Marilyn, querida, venha ver uma coisa.

Marilyn Tuvache está atualmente com dezessete anos. Indolente e molenga, os seios pesados que pendem, ela tem vergonha de seu corpo, que a incomoda. Usa uma camiseta que lhe cai muito mal, com um retângulo branco bordado de preto no qual se lê "Viver mata".

Com um espanador na mão, Marilyn retira sem convicção um pouco de pó da borda de uma prateleira, onde estão expostas lâminas de barbear para cortar os pulsos. Algumas estão enferrujadas. Perto delas, um rótulo indica: "Mesmo que você não corte muito fundo, contrairá tétano."

A mãe pede à filha:

– Vá comprar uma coroa funerária na floricultura Tristão e Isolda. Uma pequena, hein! Na faixa, peça para escreverem: "A nosso cliente, senhor Tchang, da Loja dos Suicidas." Sem dúvida ele também terá convidado muitos locatários da Torre Maomé, que dirão: "Nosso zelador não falhou." Assim teremos um pouco de publicidade. Vamos, menina! Você não vive dizendo "O que posso fazer, mamãe?". Depois, leve a coroa para o novo guarda do cemitério.

– Puxa... Para mim sempre sobra o trabalho de empregada porque não sirvo para nada! Por que não vão eles, os meninos?

– Vincent está inventando no quarto dele, e Alan foi lá fora para se embebedar com o sol do outono. Ele brinca com o vento, conversa com as nuvens. Há onze anos... Creio que realmente as coisas não vão bem com esse menino. Vá você.

Marilyn Tuvache espia o homem com quem o pai conversa no fundo da loja:

– Por que os clientes bonitos não olham para mim? Eu gostaria muito que me achassem interessante.

– Como é boba essa aí! Você acha que eles vêm aqui para se divertir? Vá embora, vá logo.

– Por que não podemos nos matar também, mamãe?

– Eu já lhe disse cem vezes: porque é impossível. Se fizermos isso, quem cuidará da loja? Nós, os Tuvache, temos uma missão aqui! Porém, quando digo "nós", excluo Alan, naturalmente. Vá, vá agora!

– Bem... estou indo...

– Pobre grandona...

A mãe sai por de trás do balcão, enternecida com a visão da filha amorfa deixando o estabelecimento.

– Com a idade dela eu era igual: molenga e resmungona. Senti-me uma besta até o dia em que encontrei Mishima.

Lucrèce passa o dedo sobre a estante e recolhe um pouco de poeira.

– E, quando fazia a faxina, se os cantos quisessem, eles que se aproximassem.

Ela pega o espanador e recomeça o trabalho da filha, afastando cuidadosamente as lâminas de barbear.

Aos pés da escada que leva ao apartamento, ao lado da seção dos refrigerados, Mishima, vestindo um colete, explica a um homem musculoso, bem maior que ele:

– O senhor me pede algo original e viril, e eu lhe recomendo o *seppuku*, vulgarmente chamado de haraquiri. Bem, não aconselho isso a todo mundo, pois é uma coisa para esportistas! Mas o senhor, forte como é, deve se dedicar aos esportes, não? Qual é o seu... Perdão. Se o senhor está aqui, eu devo perguntar: "Qual *era* a sua profissão?"

– Professor de ginástica no Liceu Montherland.

– Viu? É o que eu dizia!

– Não suporto mais meus colegas nem meus alunos.

– Ah, as crianças... Às vezes elas são difíceis – reconhece Mishima. – Nós, sabe, com nosso caçula...

– Eu tinha pensado em gasolina ou napalm.

– Sim, não seria nada mal uma bela imolação no pátio da escola – aprecia o comerciante. – Temos tudo o que é preciso para isso também, mas, francamente, o *seppuku*... Enfim, não é que eu queira empurrar essa despesa, o senhor é quem escolhe.

O professor de educação física e esportiva compara as duas propostas:

– Imolação, haraquiri...

– *Seppuku* – corrige o senhor Tuvache.

– É preciso muito material?

– Um quimono de samurai do seu tamanho. Ainda devo ter um extragrande. E, é claro, o *tanto*. Pode parecer coisa demais, mas na verdade trata-se de um sabre bem curto – minimiza o senhor Tuvache, retirando uma arma branca da parede (ao contrário de sua afirmação, bastante longa) e colocando-a entre as mãos do cliente. – Eu mesmo as afio. Toque essa lâmina afiada. Vai furá-lo como se o senhor fosse manteiga.

O professor de ginástica contempla o brilho da lâmina fazendo beiço, enquanto Mishima tira de uma caixa de papelão um quimono, que estende à sua frente.

– Meu filho mais velho teve a ideia de costurar uma cruz vermelha bem aqui, para indicar o lugar onde enfiar a lâmina do sabre, porque às vezes as pessoas miram alto demais, no esterno, e então não entra; ou muito baixo, no ventre. E no ventre, além de perfurar o apêndice, não servirá para nada.

– Isso tudo é caro? – pergunta o professor.

– O total é de trezentos euro-ienes.

– Sei. Diga, apesar de tudo, será que posso pagar...

– A crédito? – O comerciante arregala os olhos. – Nesta loja? O senhor só pode estar brincando. E por que não pedir um cartão de fidelidade?

– É que essa compra seria um investimento.

– Compreendo. Mas, veja bem, embora saia mais caro que uma lata de napalm, essa será sua última despesa. Sem contar que o *seppuku* é a aristocracia do suicídio. E não falo isso somente porque meus pais me deram o nome de Mishima.

O cliente hesita.

– Temo que não tenha a coragem necessária quando chegar a hora – confessa o professor, deprimido, enquanto avalia o peso do *tanto*. – Vocês não fazem serviço em domicílio?

– Ah, não! – indigna-se o senhor Tuvache. – Não somos assassinos, ora bolas! Sabe muito bem que isso é crime. Fornecemos tudo o que é necessário, mas as pessoas precisam se arranjar sozinhas. É sua história, é problema seu. Estamos aqui apenas para oferecer um serviço, vendendo produtos de qualidade.

O comerciante conduz o cliente até o caixa. E, dobrando com cuidado o quimono, que ele enfia com o sabre dentro de uma sacola, justifica-se:

– Muitos agem como amadores. Sabia que, de cento e cinquenta mil pessoas que tentam, cento e trinta e oito mil falham? Pois é. E muitas acabam com deficiência, em cadeiras de rodas, desfiguradas para o resto da vida, enquanto nós... Nossos suicídios são garantidos. Morte ou seu dinheiro de volta! Vamos, vamos, um atleta como o senhor não irá se arrepender desta compra. Basta respirar bem fundo e... pronto! E depois, como digo sempre, morremos somente uma vez. Então, que seja um momento inesquecível!

Mishima enfia o dinheiro do professor de educação física e esportiva na caixa registradora. Em seguida, ao lhe devolver o troco, acrescenta:

– Vou confiar-lhe um truque do negócio. – Olha em volta para certificar-se de que ninguém o escuta. – Quando for fazer isso em sua sala de jantar, fique de joelhos. Assim, mesmo que a lâmina apenas espete, sem penetrar muito profundamente, se o senhor estiver ajoelhado acabará caindo sobre a barriga, e isso enfiará o sabre até o fim. E, quando o encontrarem, seus amigos ficarão surpresos! Ah, não tem amigos? Bem, então admirará o médico-legista, que dirá: "Puxa, este aqui não hesitou nem por um instante!"

– Obrigado – diz o cliente, desanimado pelo ato que realizará.

– Não há de quê. É o nosso trabalho. Estamos a seu dispor.

5

– LUCRÈCE, VOCÊ PODE VIR AQUI?

A senhora Tuvache aparece, abrindo uma porta embaixo da escada no fundo da loja. Uma máscara de gás envolve seu rosto, desde a garganta até o alto do crânio. Os vidros ópticos circulares de cada lado da cabeça e o volumoso cartucho do filtro diante da boca lhe dão um ar de mosca encolerizada.

Vestida com um avental branco, ela tira as luvas cirúrgicas ao mesmo tempo que chega perto do marido, que a chamou e agora passa a lhe explicar, na frente de uma cliente:

– A senhora gostaria de algo feminino.

– Uon-uon-uon, uon-uon-uon! – é o que se ouve da senhora Tuvache, que, ao se dar conta de que continua com seu aparelho de proteção, desfaz as alças na cabeça e recomeça a falar, segurando a máscara: – Se existe algo de muito feminino é o veneno! Não tem nada mais feminino que isso. E agora mesmo, que coincidência, eu estava preparando algo na cozinha...

Ela desabotoa o avental e deposita o aparelho sobre o balcão, perto da caixa registradora.

– Um veneno... O que eu poderia propor? A senhora preferiria um veneno de contato, desses que matam em contato com a pele, ou um veneno para inalar ou beber?

– Bem... – A senhora, que não é uma especialista no assunto, demonstra dúvida. – O que seria melhor?

– De contato é mais rápido – explica Lucrèce, agora diante de uma gôndola onde está exposta uma boa quantidade de frascos. – Nós temos ácido de enguia azul, veneno de rã dourada, estrela da noite, flagelo dos elfos, geleia sonífera, horror cinza, óleo de desmaio, veneno de peixe-gato... Não está tudo aqui. Alguns produtos ficam na seção dos produtos refrigerados.

– E para inalar, como é que funciona?

– É muito simples: a senhora desatarraxa a tampa e respira o que tem dentro do frasco. Pode ser o respiro de enforcado, a nuvem amarela, a toxina de olho assassino, o sopro do deserto...

– Ah, não sei o que escolher. Desculpe-me se a aborreço.

– Imagine, eu compreendo. É bastante normal hesitar. Uma opção também é o mel da vertigem, que torna a pele vermelha, porque a gente transpira sangue. Esse é para engolir.

A cliente faz careta.

– Resumindo, seria por qual razão? – pergunta-lhe Lucrèce.

– Estou inconsolável desde a morte de uma pessoa próxima na qual penso o tempo inteiro. Por isso pensei em vir fazer compras em sua loja. Não vejo mais nenhuma outra solução para esquecer.

– Entendi. Sendo assim, aconselho a estricnina. É o extrato de noz-vômica. Tão logo ingerida, ela faz perder a memória. Desse modo, a senhora não terá nem sofrimento nem saudade. Depois a paralisia se desenvolve, e a pessoa envenenada morre por sufocamento sem se lembrar de mais nada. É do que a senhora precisa.

– Noz-vômica – repete a senhora enlutada, esfregando as pálpebras cansadas com as palmas das mãos.

– Porém, se a senhora preferir desalentar-se uma última vez – propõe Lucrèce –, poderá confeccionar o próprio veneno, sozinha. Muitas mulheres apreciam a ideia de ruminar sua dor enquanto preparam a própria morte. Pode usar, por exemplo, a digitalina. A senhora mói num pilão algumas pétalas de dedaleira, que mantemos na seção dos refrigerados. Sabe quais são? Aquelas flores em penca que parecem dedos que caem de mãos moles, mãos de pessoas lânguidas. Então, assim que obtiver um pó fino, misture-o com água e ferva. Em seguida, deixe que esfrie; isso lhe dará tempo para assoar o nariz e escrever a carta que explicará seu gesto. A seguir, terá de filtrar a solução. Recoloque no fogo até a evaporação do líquido e obterá um sal branco cristalino. Engula-o. A vantagem é que não é caro: 2,50 o maço! Também temos ramos de estricnáceas para extrair o curare e grãos de azevinho negro para a teobromina.

A cliente, tonta pelas inúmeras explicações, não sabe mais o que pensar.

– O que a senhora escolheria?

– Bem, eu... não sei dizer – lamenta Lucrèce.

E a vendedora fixa seus belos olhos graves, como se olhasse para muito longe. Lucrèce dá a impressão de não estar mais na loja.

– Nós também estamos deprimidos e teríamos razões de sobra para acabar com tudo, mas não podemos experimentar nossos produtos, ou então o último de nós a degustar teria que fechar o estabelecimento. E os clientes, como fariam? – Então, a senhora Tuvache parece voltar à Terra: – O que sei é que o cianureto resseca a língua e provoca uma sensação desagradável. Por causa disso, naquele que preparo acrescento algumas folhas de menta para refrescar a boca. São os agrados da nossa loja. Não bastasse, temos também o coquetel do dia! O que eu estava preparando hoje de manhã?

Ela se vira para o quadro-negro pendurado perto da janela, no qual está escrito com giz: "Mercador de Areia".

– Ah, sim, é o Mercador de Areia! Como não lembrei disso

antes? Não sei onde ando com a cabeça ultimamente. Para a senhora, que hesita entre contato, inalação ou ingestão, este é uma mistura dos três: beladona, geleia sonífera e sopro do deserto. Assim, qualquer que seja a sua escolha no último minuto, poderá engolir o coquetel, ou tocá-lo, ou inalá-lo, e o circuito estará feito.

– Bem, então vou querer esse. Se a senhora diz que é bom...

– Não irá se arrepender. Ah! Como sou boba, eu estava para dizer: "A senhora me dirá como foi!" É essa criança que me deixa doida! – pragueja Lucrèce, esticando o queixo na direção de Alan, que está em pé, com os pés juntos e as mãos na cabeça, perto do canto da gôndola das cordas. – A senhora tem filhos?

– Eu tinha um... Ele veio um dia comprar uma bala de calibre .22 para a espingarda.

– Ah...

– Ele via tudo escuro. Nunca consegui fazê-lo feliz.

– Pois nós não podemos dizer a mesma coisa do nosso caçula – reclama a senhora Tuvache, desolada. – Ele vê a vida cor-de-rosa, a senhora pode imaginar? Como se tivesse razão para isso! Não sabemos o que acontece. E, no entanto, eu lhe asseguro de que o criamos como aos outros dois, que são depressivos, como é preciso, enquanto ele vê apenas o lado bom das coisas. – Lucrèce suspira, erguendo a mão trêmula de indignação. – Se nós o forçamos a assistir ao jornal na TV, para tentar desanimá-lo quando um avião com duzentas e quarenta e sete pessoas cai, Alan lembra-se somente do nome das que se salvaram! – Ela o imita – "A vida é bela, não é, mamãe? As tês pessoas caílam do céu e não aconteceu nada!" Eu e meu marido não aguentamos mais! Eu juro que em algumas situações temos vontade de tomar, nós também, um Mercador de Areia se não tivéssemos de cuidar da loja.

A cliente, intrigada, aproxima-se de Alan.

– Ele está de castigo?

Alan vira a cabeça loira e cacheada: um enorme curativo recobre hermeticamente sua boca. No esparadrapo cor-de-rosa, um ricto zangado e uma língua para fora, traçados com caneta, e os cantos da boca voltados para baixo, lhe dão um ar de mau elemento.

A mãe, embrulhando o vidrinho de Mercador de Areia, explica para a cliente:

– Foi seu irmão mais velho, Vincent, que desenhou a careta. Fui contra ele desenhar a língua para fora, mas tudo é melhor do que ouvir Alan repetir que a vida é maravilhosa.

A cliente observa o curativo. Pela forma da prega sobre o esparadrapo via-se claramente que, sob a careta desenhada, a criança sorria.

Lucrèce dá o pacote para a senhora.

– Ele está de castigo. Quando lhe perguntaram na escola quem eram os suicidas, Alan respondeu: "Os habitantes da Suíça."

6

O CORPO DESCARNADO de Vincent flutua numa *djellaba* cinza, estampada com desenhos de explosivos: bastões de dinamite e bombas pretas em forma de bolas com pavios crepitantes de fagulhas amarelas e verdes. Ele tem vinte anos.

Nada enfeita as paredes de seu quarto. Na frente da cama estreita, debruçado sobre uma mesa atravancada de objetos e encostada a uma divisória, um tubo de cola lhe treme nas mãos. O primogênito dos Tuvache usa uma barba ruiva curta e eriçada, e sobre as arcadas pronunciadas dos olhos, sobrancelhas cerradas. Com a respiração vibrante e oprimida, o olhar fixo e oblíquo denuncia o trágico reflexo do seu conflito interior. Ataduras de gaze lhe comprimem inteiramente o crânio, que sofre com enxaquecas violentas. Algumas crostas marrom incham o espesso lábio inferior de tanto Vincent mordê-lo, enquanto o lábio superior é vermelho e delicado. Ele, que estivera sentado, levanta-se no meio em duas pontas, tal como a lona vermelha de um pequeno capitel de circo. À sua frente, sobre a mesa, uma estranha maquete lúgubre em construção. Atrás dele, do outro lado da divisória, pode-se ouvir:

"*Dizer a ela trá-lá, dizer a ela trá-lá-lá...*"

Com um soco, Vincent destrói toda a sua maquete.

– Mamãe!

– O que há agora? – pergunta Lucrèce, da cozinha.

– Alan está ouvindo canções alegres!

– Ai, ai, ai... Eu devia ter cuidado de um covil inteiro de víboras em vez de ter alimentado essa criança! – grita Lucrèce, indo até o corredor e abrindo a porta do quarto do caçula. – Quer parar com isso?! Quantas vezes tenho de repetir que não queremos mais que você escute essas besteiras alegres? Será que as marchas fúnebres foram compostas para os cães? Sabe muito bem o aborrecimento que causa a seu irmão quando escuta essas baboseiras e como isso lhe dá dor de cabeça – prossegue ela, entrando no quarto de Vincent e constatando o estrago feito na maquete destruída. Então continua a falar com Alan: – Ah, muito bem, nota dez! Olhe a catástrofe que provocou com suas músicas! Deve estar orgulhoso de si mesmo!

O pai também chega, perguntando "O que está acontecendo?", e Marilyn aparece arrastando os pés. E todos os três reúnem-se em volta de Vincent.

– Acontece – esbraveja a mãe – que o *seu* filho caçula aprontou outra vez!

– Não é *meu* filho – responde o pai. – *Meu* filho é Vincent. Ele, sim, é um verdadeiro Tuvache.

– E eu? – quer saber Marilyn. – Qual é meu lugar?

Mishima acaricia o crânio enfaixado de seu primogênito.

– Então, o que está acontecendo? Você quebrou sua maquete?

– Uma maquete de quê? – indaga a menina Tuvache.

Vincent soluça:

– A maquete de um parque de diversões com o tema suicídio.

– O quê?

7

– **SERIA COMO UM PARQUE** de diversões para pessoas que querem acabar com a própria vida. No estande de tiro os clientes pagariam, mas para ser o alvo.

Mishima, escutando Vincent, senta-se na cama.

– Meu filho é um gênio.

– As atrações do parque seriam fatais! Nas alamedas, lágrimas escorreriam suaves pelos rostos dos clientes, em meio à fumaça das batatas fritas e dos cogumelos venenosos que seriam vendidos. *Amanita phalloides*! – grita Vincent.

Lucrèce e Marilyn, envolvendo-se no clima, chegam a sentir o cheiro das fritas.

– Órgãos eletrônicos tocariam canções tristes. Manobras de ejeção lançariam como catapultas as pessoas por cima da cidade. Haveria uma cerca alta de onde amantes poderiam se jogar, como se fosse uma falésia, segurando-se pelas mãos.

Marilyn cruza os dedos e esfrega as palmas.

– Risadas soluçantes no barulho das rodas de um trem fantasma, que correria pelo interior de um castelo gótico cheio de armadilhas divertidas, e todas mortais: eletrochoques, afogamentos, espetos afiados que se abateriam sobre as costas. Os amigos ou parentes acompanhantes de um ser acabrunhado partiriam com uma caixinha levando as cinzas do desesperado, já que haveria um crematório no final, onde cairiam os corpos, um após o outro.

– Ele é maravilhoso! – exclama o pai.

– Papai alimentaria a caldeira. Mamãe venderia os bilhetes...

– E eu, para que serviria? – pergunta Marilyn. – Onde seria meu lugar?

Vincent Tuvache gira a cabeça na direção da irmã. Ah, o poder magnético de seu olhar, o esplendor devastado de seus traços angustiados por baixo das faixas do crânio! Do lado de fora, na noite, através dos vidros da pequena janela de seu quarto sombrio, um anúncio em neon o ofusca de repente, com uma luz amarela, intensa e louca. As sombras de seu rosto tornam-se, então, de um verde muito pálido, e sua barba curta, agora rosa, parece pintada por toques de pincel dispostos em forma de estrela. Superexposto à claridade artificial, Vincent também mostra uma auréola, pelas vibrações de uma incrível paixão autodestrutiva. Os outros três a seu redor sentem com emoção esse grito desesperado. A luz muda e torna-se vermelha. Vincent, que baixa a cabeça, dá a impressão de ter sido tomado pelo sopro de uma bomba.

– Seria como quando eu sonho e acordo, e depois adormeço novamente, e torno a acordar, sempre com o mesmo espetáculo maravilhoso, feérico... a mesma cena.

– Faz muito tempo que você tem esse projeto em mente? – a mãe quer saber.

– Nas alamedas, as funcionárias fantasiadas de bruxas ofereceriam maças do amor envenenadas: "Tome, senhorita, coma esta maçã envenenada", e depois iriam atrás de outra pessoa.

– Eu poderia fazer isso – sugere Marilyn. – Eu sou feia.

O filho mais velho expõe todos os seus projetos: nas cabines da roda-gigante, o piso dos compartimentos se abriria a vinte e oito metros de altura, e a montanha-russa teria os trilhos incompletos na subida, depois de uma descida vertiginosa, e pararia abruptamente em pleno impulso. Ele exibe a maquete que acabara de demolir com um soco, enquanto o irmão caçula, saindo do seu quarto, passa diante da porta aberta de Vincent cantarolando e estalando os dedos no ritmo:

– *Don't worry, be happy!*

A mãe, espantada e xingando, volta-se e cerra os punhos em sua direção. O estalar dos dedos de Alan é como um abismo para ela e seu marido!

8

– **DE FATO, SE QUER SABER,** senhor representante, não queríamos um terceiro filho. Ele nasceu porque testamos um preservativo furado. Sabe como é, daqueles que vendemos às pessoas que querem morrer contaminadas por doenças sexualmente transmissíveis. – Lucrèce sacode a cabeça, ressentida por esse golpe do destino: – O senhor deve concordar que, na única vez que testamos um de nossos produtos, não tivemos mesmo muita sorte!

– Bem, os preservativos da Fu Não Ligo para a Morte são garantidamente porosos. A senhora deveria ter confiado em nós – responde o representante.

– Pois é – Lucrèce suspira.

Alan, neste exato momento, aparece na loja.

– Bom dia, mamãe! Bom dia, papai! Bom dia, senhor! – O menino aproxima-se espontaneamente e beija as duas faces do representante com cortesia. – O senhor viu? Está chovendo, que coisa boa! A gente plecisa da água, né?

– Como foi na escola? – pergunta a mãe.

– Muito bem, mamãe. Eu cantei na aula de música e fiz todo mundo rir.

– Veja, o que eu lhe dizia?! – exclama a senhora Tuvache, dirigindo-se a seu interlocutor como testemunha.

– De fato, é verdade que não é nada fácil – reconhece o representante, enxugando as bochechas. – Pelo menos os dois outros não são assim, não é?

– Não, eles teriam passado bufando, empurrando-o sem pedir desculpas. O mais velho, apesar de não ter apetite, só nos dá satisfações, mas a pobre Marilyn, que vai fazer dezoito anos, sente-se gorda e inútil aqui na loja. Está sempre com calor e transpira. Está à procura do seu lugar.

– Hum, hum – resmunga o novo representante da Eu Não Ligo para a Morte, abrindo sua maleta, de onde tira seu carnê de pedidos.

E observa, no conjunto, o estabelecimento que nota pela primeira vez.

– Vocês têm uma bela loja. E é surpreendente que esteja só no meio de tantos prédios. Sem dúvida é a mais bela loja do Boulevard Bérégovoy. E, além disso, como é curiosa sua fachada. Por que ela tem uma pequena torre sobre o teto, como um campanário, ou um minarete? O que era isso, antes? Uma igreja, uma capela?

– ...ou uma mesquita, ou um templo, talvez. Ninguém sabe – responde Lucrèce. – Alinhadas ao longo do corredor do primeiro andar, devia haver umas celas para religiosos, mais tarde transformadas em quartos, na cozinha e na sala de jantar do apartamento. E depois, no patamar à esquerda, a pequena porta dá para uma velha escada de pedra em caracol que leva a uma torre, mas nós nunca vamos lá em cima. Lá no fundo, onde seria uma sacristia, eu confecciono os venenos da casa.

O representante bate com as falanges sobre uma parede que parece oca.

– Vocês cobriram tudo com gesso? – Depois ele observa as estantes e comenta como que para si mesmo: – Dupla gôndola no meio, uma gôndola simples contra cada uma das duas paredes laterais. Cerâmica de Delft no piso, bela luminosidade de necrotério no teto, um ar apropriado e depois... Puxa vida, vocês têm opções! As cordas de enforcar estão aqui...

– A propósito, nós íamos justamente pedir mais cânhamo – declara Mishima, silencioso até aquele momento. – À noite eu gosto de enrolar eu mesmo as cordas enquanto assisto às notícias dramáticas na televisão. E, devo dizer, as pessoas apreciam o trabalho artesanal. Houve uma ocasião em que compramos cordas industriais. Muitas pessoas caíram do banquinho...

– Quanto o senhor vai querer? Um fardo? – O representante prepara-se para anotar.

– Sim. E também precisamos de cianureto – acrescenta Lucrèce, diante da gôndola da parede à esquerda onde estão alinhados os frascos. – Não sobrou quase nada. E, além disso, terra de arsênico: um saco de cinquenta quilos.

– Anote também um quimono tamanho extragrande – pede Mishima.

O representante avança estabelecimento adentro enquanto escreve os pedidos, um depois do outro, e chega à seção dos refrigerados, que o surpreende:

– Ora, aqui está estranhamente vazio. Algumas pétalas de dedaleira, grãos de azevinho preto, cogumelos cortinários resplandecentes, *Galerina marginata*, mas não muitos animais em caixas com buracos para que possam respirar.

– Ah, isso é verdade, nós sempre temos problemas com os animais – reconhece Mishima –, seja com as rãs douradas, com as serpentes trigonocéfalas ou com as aranhas viúvas-negras. Veja bem, o problema é que as pessoas são tão sozinhas que se apegam aos animais venenosos que lhes vendemos. E os animais, é curioso, percebem e não as mordem. Uma vez... você lembra, Lucrèce? Uma cliente que havia comprado conosco uma tarântula assassina voltou à loja, o que me deixou muito surpreso. Aí ela me perguntou se vendíamos agulhas de tricotar. Eu pensei que fosse para ela furar os próprios olhos. Mas não, nada disso, era para tricotar sapatinhos em algodão perolado para a sua aranha, a quem dera o nome de Denise. Elas tinham se tornado amigas e, de fato, a senhora a guardava solta em sua bolsa. Ela a fez sair e caminhar sobre sua mão. Eu lhe dizia "Mas guarde isso!", e ela ria, divertida: "Denise me devolveu o gosto de viver!"

– Em outra ocasião – intervém Lucrèce –, um deprimido comprou aqui uma cobra venenosa que nunca o mordeu ou cuspiu veneno, e a quem o cliente acabou por chamar de Charles Trenet. Não poderia tê-la chamado de Adolf? Nós também demos nomes de suicidas célebres a cada uma de nossas crianças: Vincent, por Van Gogh; Marilyn, por Monroe...

– E por que Alan? – pergunta o representante.

– Ele poderia ter chamado sua cobra de Nino Ferrer – continua Lucrèce, ignorando a indagação –, e assim, quem sabe, poderíamos ter compreendido.

– De fato, os animais são decepcionantes – reitera Mishima.
– Quando as rãs douradas escapam, saltam por toda a loja, e depois fica difícil recuperá-las com a rede, porque não podemos tocar nelas, senão morremos. Não pegaremos mais nenhum animal, e não sabemos o que fazer com a seção dos refrigerados.

Sentado nos degraus da escada que leva ao apartamento, o jovem Alan segura um canudinho encimado por um anel no qual ele sopra. As bolhas de sabão voam. Elas sobem e descem, flutuam, coloridas e brilhantes, na Loja dos Suicidas. Elas passeiam indiferentes entre as gôndolas. Mishima, ondulando o pescoço, segue suas evoluções.

Uma grande bolha de sabão vem estourar sobre os cílios do representante, que enxuga o olho e se dirige, carrancudo, na direção da sua maleta em cima do balcão.

– Talvez eu tenha uma ideia para essa sua criança em dificuldade!

– Qual? Alan?

– Não, ele não. Para a menina. Na Eu Não Ligo para a Morte acabamos de colocar no mercado um novo produto que não teria perigo para ela.

– Sem perigo para ela? – repete Lucrèce.

9

– **PRIMEIRO DE NOVEMBRO...** Feliz aniversário, Marilyn!

Lucrèce sai da cozinha e leva, sobre uma bandeja metálica, um bolo de aniversário em forma de caixão. Diante da mesa redonda da sala de jantar, Mishima abre uma garrafa de champanhe e fala com a filha enquanto a serve:

– Diga a si mesma que este será um ano a menos para viver!

A espuma sobe no copo. Marilyn Tuvache coloca o indicador na borda, e a espuma encolhe. O bolo reina, lúgubre, no centro da mesa, entre os restos do jantar da família e na frente do prato vazio ainda intacto de Vincent, para quem Mishima também quer servir um pouco de champanhe.

– Não, obrigado, papai. Não estou com sede.

O pai coloca algumas gotas no copo de Alan.

– Vamos lá! Tome um pouco você, alma sempre encantada e feliz, para festejar a maioridade de sua irmã, que está saindo da infância e da adolescência. Pelo menos isso.

As laterais verticais do bolo, feitas de chocolate ao leite, imitam a madeira envernizada do choupo da cremação. A tampa em cacau preto, decorado com molduras, se parece com o mogno. Nos dois terços do seu comprimento, o bolo abre-se sobre um travesseiro de chantili, onde repousa uma cabeça feita com massa de amêndoa rosa. Raspas de limão formam os cabelos de um louro intenso.

– Oh, mas sou eu! – exclama Marilyn, levando as mãos aos lábios. – Mamãe, como é bonito!

– O mérito não é só meu – confessa modestamente Lucrèce. – Vincent me deu a ideia e desenhou para mim. Ele não pôde fazer o pobre coitado, por causa de sua aversão à comida, mas também pensou nas velas.

Estas, bege e trançadas como cordas, foram ligeiramente derretidas para serem torcidas na forma de dois algarismos colocados e acesos lado a lado: 1 e 8, dezoito. Marilyn retira o 1, que ela coloca do outro lado do 8, pensando: "Eu preferiria fazer oitenta e um anos..." Depois sopra as velas como se estivesse se livrando da própria existência. Mishima bate uma mão na outra.

– E agora, os presentes!

A mãe, que fechara a geladeira da cozinha, volta com um papelote parecido com uma grande bala de cevada embrulhada.

– Marilyn, desculpe-nos pela apresentação. Nós pedimos a Alan para comprar um papel de embrulho branco com bordas pretas, como um comunicado de luto, mas ele nos trouxe este aqui, colorido, com palhaços rindo! Mas você bem conhece seu irmão... Tome, minha menina. Este é de seus pais.

Marilyn, emocionada por estar sendo homenageada dessa maneira, desenrola as dobras do papel em cada extremidade do presente e o abre:

– Uma seringa? Mas o que tem dentro, que se parece com água?

– Um veneno terrível.

– Oh, mamãe, papai! Vocês me oferecem, enfim, a morte. É verdade? Posso me destruir?

– Não, não você! – exclama Lucrèce, com os olhos para o céu. – Mas todos aqueles a quem você beijar.

– Como assim?

– Na Eu Não ligo para a Morte, eles nos propuseram esse líquido que acabaram de inventar. A pessoa o injeta nas veias; não fica doente, não lhe acontece nada. Mas ela desenvolve um veneno na saliva que matará todos aqueles que a beijarem. Cada um de seus beijos será mortal, filhinha.

– E você, que procurava seu lugar na loja... – Mishima a repreende. – Nós decidimos, com sua mãe, que podemos lhe confiar a seção dos refrigerados. Você ficará lá atrás e dará um beijo nos clientes a quem aconselharmos esse tipo de falecimento voluntário: o beijo da morte, o *Death Kiss*!

Sentada e desfigurada, Marilyn ergue-se, tremendo de emoção. O pai exprime com precisão:

– Será necessário somente que você se lembre de nunca nos beijar.

– Mas, mamãe, como é possível ser venenosa sem envenenar a si mesma?

– E os animais, como eles fazem? – replica Lucrèce, como uma especialista. – As serpentes, as aranhas etc. vivem muito bem com a morte em suas bocas. Pois bem, você também será assim!

O pai amarra um garrote acima do cotovelo de sua filha. Marilyn aperta o êmbolo da seringa, faz sair uma gota da agulha e depois injeta, ela mesma, o líquido em sua veia, diante de Alan, que a olha. Ela tem lágrimas nos olhos.

– É por causa do champanhe! – desculpa-se.

– Bem, e vocês, meninos? – pergunta Mishima. – Onde estão os presentes para sua irmã?

O magérrimo Vincent, de cabeça enfaixada, tira de baixo da mesa um pacote volumoso. Marilyn desfaz o embrulho decorado de palhaços sorridentes. O irmão mais velho explica a utilidade desse presente excêntrico:

– É um capacete de moto em carbono indestrutível, cuja viseira eu blindei. No interior, fixei dois bastões de dinamite de onde pendem dois fios. Assim, se um dia papai e mamãe permitirem que nós nos autodestruamos, você poderá enfiar o capacete, fechar a alça sob o queixo e puxar os dois fios. Sua cabeça explodirá dentro do capacete sem manchar as paredes.

– Que delicado de sua parte pensar nesses detalhes! – elogia Lucrèce.

O filho mais velho recebe também a admiração de Mishima:

– Meu avô também era como ele: inventivo. E você, qual é seu presente, Alan?

A criança de onze anos abre um grande quadrado de seda branca. Marilyn o pega imediatamente, torce-o e o coloca em torno do pescoço.

– Uma corda para me enforcar!

– Não... – Alan sorri, fazendo a demonstração. – Tem que deixar mais solto, fofinho, que nem uma nuvem no pescoço, nos omblos, no peito.

– Como você o comprou? – inquieta-se a mãe, cortando um pedaço do bolo em forma de caixão, que oferece a Vincent.

– Não, obrigado, mamãe – diz o primogênito.

– Eu paguei com a minha mesada, mamãe – responde Alan.

– Do ano inteiro, então?

– Foi.

Lucrèce permanece imóvel, com a espátula na mão sobre o bolo.

– Não vejo qual a vantagem – ela o repreende, recomeçando a cortar outra parte do bolo.

– É realmente gastar dinheiro à toa – confirma o pai.

Marilyn contempla a família inteira, fazendo voar docemente o lenço de seda branca em torno do pescoço.

– Eu não vou beijá-los, por motivos óbvios, mas meu coração agradece.

10

A NOITE CHEGA. Em seu quarto, Marilyn tira a roupa e, de pé e nua, brinca com o grande lenço de seda branca diante do reflexo nos vidros de sua janela, que dá para a Cidade das Religiões Esquecidas. Pessoas caem dos balcões das torres Moisés, Jesus, Zeus, Osíris... como um chuvisco de outono.

Mas a menina Tuvache faz voar em torno de si seu lenço de seda branca. Em contato com os ombros, a seda provoca arrepios que descem até os quadris. Marilyn deixa que o pano escorregue imaculado ao longo das nádegas, recupera-o por entre as pernas e o lança sobre a cabeça, no ar. O lenço de seda desdobra-se como o gracioso movimento de uma dançarina de balé. Ele recai como um paraquedas, lentamente, sobre o rosto pasmado da filha dos donos da Loja dos Suicidas. De olhos fechados, ela sopra, e a seda a envolve mais uma vez. Marilyn agarra uma ponta que ela enrola em volta do ventre, dos quadris, como o braço de um homem que a enlaçasse pela cintura. Ah... as dobras da peça de seda caem entre as coxas e enroscam-se nos pelos. Ah... Marilyn, geralmente encurvada e com os ombros caídos, endireita-se. Ah... Ela se arqueia ainda mais enquanto o presente de Alan, como se tomado por um impulso, sobe ao longo de seu peito e lhe acaricia os seios, dos quais ela tinha vergonha – indevidamente. Seus bicos se levantam, endurecem. Os seios, grandes, são magníficos, e, com os dedos cruzados na nuca, no reflexo dos vidros das janelas do seu quarto, Marilyn maravilha-se ao se descobrir assim, enquanto o lenço cai. Ela o recupera na altura de suas panturrilhas charmosas e se inclina. Seu traseiro é esplêndido, largo sob uma cintura apenas um pouco gorda. E a seda faz uma nova viagem e revela à mocinha complexada a harmonia insuspeitada de seu corpo. Ela é a mais bonita de todo o quarteirão! Nenhuma moça da Cidade das Religiões Esquecidas chega aos seus pés – que, aliás, são muito bonitos. O presente de seu irmãozinho, melhor que um sonho... E o lenço de seda branca continua sua dança hipnótica e sensual sobre a pele que vibra. As pálpebras fecham-se sob o efeito de um êxtase inédito para Marilyn. Mas o que ela descobre ainda? Ela se tornaria a Monroe? Marilyn entreabre os lábios, de onde escorre um fino filete de saliva... mortal.

11

"ABERTO POR MOTIVO DE LUTO." A pequena placa, virada para o lado de fora e fixada por uma ventosa na porta de entrada, balança, e em cima algo ressoa: pendurado como um móbile sobre um chassi, um minúsculo esqueleto constituído de tubos de ferro entoa as notas lúgubres de um réquiem. Lucrèce vira a cabeça e depara com uma jovem cliente que entra:

– Puxa vida, mas você não é velha! Quantos anos tem? Doze, treze?

– Quinze! – mente a adolescente. – Eu gostaria de comprar alguns bombons envenenados, por favor, senhora.

– Vamos com calma, menina. *Alguns* bombons! Não pode ser assim. Os nossos são guloseimas fatais, você poderá comprar apenas um! Não lhe passe pela cabeça distribuí-los para todas as suas colegas de classe. Não estamos aqui para dizimar todo o Liceu de Montherland, ou o colégio Gérard de Nerval! – Lucrèce gira a tampa esférica do pote de vidro cheio de delícias. – É como a munição de um revólver, nós só as vendemos por unidade. Quem dá um tiro no cérebro não precisará de uma segunda bala! Se o sujeito exige uma caixa inteira é porque tem outra ideia na cabeça. E nós não estamos aqui para fornecer nada para assassinos. Vamos lá, escolha. Mas escolha bem, hein, porque neste vidro só um bombom em dois é mortal. A lei ordena que a gente dê uma chance às crianças.

A jovem hesita entre as gomas de mascar, os Mistrais Perdedores embalados em papel e os Caramelos de Tanatos – meias conchas de molusco recheadas com um bombom acidulado amarelo, verde ou vermelho, para lamber longa e lentamente, porque provocam uma morte lenta. Na frente da janela, alguns cones-surpresa de papel: azul para os meninos, rosa para as meninas. A adolescente não sabe o que escolher. Por fim, acaba se decidindo por um dos Mistrais Perdedores.

– Por que você quer morrer? – pergunta-lhe Alan, que desenha grandes sóis em folhas de papel, sentado perto da mãe.

– Porque a vida não vale a pena – afirma a menina, que tem quase a mesma idade do caçula dos Tuvache.

– É o que me canso de dizer a ele! – exclama Lucrèce, cheia de admiração por sua jovem cliente, e vira-se para o filho. – Veja, Alan, siga esse exemplo.

A colegial aproxima-se de Alan e confia-lhe:

– Eu me sinto muito só, contra todos, incompreendida num mundo cruel, e minha mãe é tão inútil... Ela confiscou meu telefone celular só porque passei algumas horas do limite de meu crédito. Mas então para que serve um telefone se não é para ligar? Estou de saco cheio. Se eu tivesse um crédito de cinquenta horas, não o teria ultrapassado. Na verdade, mamãe tem ciúme, porque ela não tem ninguém para quem telefonar, e se vinga na filha: "Blá-blá-blá... Por que você passa horas falando com Nadège? Pode ir visitá-la, ela mora aqui em frente!" Quer dizer que eu não teria o direito de ficar em meu quarto, é isso? – indigna-se a garota. – Por que eu deveria sair? Não quero ver o sol, essa estrela de merda. Não serve para nada o sol! – Ela continua, observando os desenhos de Alan. – É quente demais lá em cima, e ninguém poderia habitá-lo.

A menina volta para a caixa registradora e paga pelo seu Mistral Perdedor.

– Minha mãe não se dá conta do tempo que preciso para me vestir, me pentear, me maquiar antes de sair. Eu não iria passar minha vida na frente de um espelho quando posso telefonar!

Diling, diling – as notas lúgubres do réquiem –, e a mocinha sai da loja abrindo sua guloseima (única resposta possível a seu drama pessoal). O caçula dos Tuvache pula do banquinho, corre atrás dela, que ainda está no batente da porta, rouba-lhe o bombom da mão e o leva à própria boca.

Lucrèce pula por cima do balcão, gritando:

– Alan!

Mas era somente uma brincadeira; a criança se desfaz do bombom mortal jogando-o no meio-fio, enquanto a senhora Tuvache, pálida, o abraça.

– Você vai matar sua mãe de susto!

Alan joga-se contra o peito de sua genitora, sorridente.

– Estou ouvindo seu colação, mamãe!

– Bem, e eu, e meu bombom?

A pequena desamparada acha a vida de tal maneira injusta, que Lucrèce, com uma mão em suas costas, propõe que ela pegue outro bombom no pote de vidro.

A colegial apanha outro Mistral e o engole imediatamente.

– Então – pergunta-lhe a dona da Loja dos Suicidas –, você sente a boca ressecar? Sente o arsênico queimar-lhe a garganta?

– Nada, somente açúcar – responde a garota.

– Decididamente não é seu dia! – reconhece Lucrèce. – Volte em outra ocasião.

– A não ser que você mude de ideia... – acrescenta Alan.

– Claro, a não ser que mude de ideia – repete mecanicamente Lucrèce, ainda emocionada. – Mas o que estou dizendo?!

Dentro da loja, ela sacode seu pequenino, que ri, e o acusa:

– Só você mesmo, só você é capaz de me fazer dizer essas bobagens!

12

– MUITAS VEZES AS PESSOAS nos perguntam por que demos o nome de Alan ao nosso filho caçula. É por causa de Alan Turing.

– Quem? – pergunta uma senhora obesa de fisionomia perplexa e parecendo estar sob uma nuvem de chuva.

– A senhora não conhece Alan Turing? – Lucrèce indaga. – Foi um inglês cuja homossexualidade lhe criou problemas com a justiça e que é considerado o pai dos primeiros computadores. Durante a Segunda Guerra Mundial, sua contribuição para a vitória final foi decisiva, porque ele conseguiu decifrar o sistema Enigma, a máquina codificadora eletromagnética que permitia aos alemães transmitir mensagens em código a seus submarinos, e que eram incompreensíveis aos serviços secretos aliados.

– Ah, bem, eu não sabia...

– Ele é um dos grandes esquecidos da história.

A cliente hesitante passeia o olhar, pesado pela morna saudade das quimeras ausentes, pelas prateleiras da loja.

– Fiz esse comentário – continua Lucrèce – porque notei a senhora olhando a todo instante para o friso dos pequenos quadros, todos iguais, todos do mesmo tamanho, que nós penduramos na parede, lado a lado, sob o teto.

– Por que cada um deles representa uma maçã?

– Por causa de Turing, justamente. O inventor do computador suicidou-se de maneira estranha. No dia 7 de junho de 1954, mergulhou uma maçã numa solução de cianureto e a colocou sobre a mesinha. Em seguida pintou um quadro da maçã e depois a comeu.

– Não brinque!

– Dizem até mesmo que é por causa disso que o logotipo da Apple representa uma maçã mordida. É por causa da maçã de Alan Turing.

– Puxa vida... pelo menos não morrerei ignorante!

– E nós – acrescenta Lucrèce, que jamais perde uma boa oportunidade –, quando nosso caçula nasceu, confeccionamos este kit de suicídio.

– O que é? – A cliente aproxima-se, interessada.

A senhora Tuvache descreve-lhe o artigo:

– Neste estojo de plástico transparente a senhora pode ver uma pequena tela montada sobre um chassi, dois pincéis, um grosso e um fino, alguns tubos de tinta e, é claro, a maçã. Cuidado, ela é envenenada! Assim, a senhora poderá se matar como Alan Turing. A única coisa que lhe pediremos é que nos deixe o quadro como herança. Adoramos pendurá-los lá, como lembrança. E depois é tão bonito ver todas as maçãs alinhadas, assim lado a lado... Combina bem com o lajeamento de Delft do piso. Já temos setenta e dois quadros. Enquanto as pessoas esperam na caixa registradora, podem apreciar a exposição.

É o que faz a cliente gorda.

– Tem de todos os estilos...

– Sim, algumas maçãs são cubistas, outras quase abstratas. A maçã azul, esta aqui, foi pintada por um daltônico.

– Vou comprar esse kit de suicídio. – A cliente gorda suspira, com o coração batendo em ritmo de marcha fúnebre. – Assim a senhora completará sua coleção.

– É muito gentil de sua parte. Lembre-se de datar e assinar o quadro. Hoje estamos no dia...

– Que horas são?

– Treze e quarenta e cinco.

– Bem, vou indo. Não sei se é por ter visto todos os frutos da sua exposição, mas me deu certa fome.

A senhora Tuvache, ao lhe abrir a porta, a adverte:

– Não coma a maçã antes de ter pintado o quadro, hein? Não deve pintar o caroço. De qualquer maneira, a senhora não teria tempo.

Mishima, sentado em um banquinho no fundo da loja, remexe uma mistura de cimento, areia e água numa bacia. Alan desce a escada assobiando, com um ar alegre. O pai pergunta-lhe:

– Está pronto para voltar à escola para as aulas da tarde? Você acabou seu almoço e se lembrou assistir às notícias na televisão?

– Vi, papai. A moça do jornal tava de cabelo novo, toda penteada.

A mãe, fitando o teto, intervém:

– É tudo o que você conseguiu perceber? Fico muito triste. Ela não falou sobre as guerras regionais, sobre os desastres ecológicos, a fome...

– Falou, mamãe. Falou da explosão dos diques da Holanda por causa das enchentes. Falou do mar que chegou até Plaga. Falou de umas pessoas da Alemanha, magras e nuas, que glitavam e rolavam pelas dunas. E aí entrava aleia nos olhos delas. Uma aleia banquinha que bilhava que nem estela no céu. Era uma doideila, mas tudo vai ficar bem. Eles vão tirar a aleia.

Lucrèce desmorona.

– Ah, esse aí... Com seu otimismo, ele faria florescer um deserto. Vá, corra para a escola. Estou cansada de vê-lo o tempo todo alegre, saltitante como um passarinho!

– Até logo, mamãe!

– É isso aí, até logo, infelizmente...

Mishima, perto da prateleira dos refrigerados que está em obras, arregaça as mangas de seu casaco de malha. Sobre o antebraço, joga um pouco de água, depois um pouco de areia, e então mexe o braço sob a luz neon, estreitando as pálpebras para ver melhor.

A mulher olha para ele.

– O que você está fazendo?

13

– **UM BLOCO DE CIMENTO** com um anel. Ele é equipado com uma corrente que é amarrada ao tornozelo. Então a pessoa se coloca na borda de um rio, joga o bloco de cimento à sua frente e pronto! É levada até o fundo, e tudo estará acabado.

– É interessante – um cliente bigodudo balança a cabeça.

Mishima passa a palma da mão na testa e na metade da careca, e então retoma:

– Eu mesmo os faço aqui, ou então no porão, com o nome da loja moldado em relevo sobre um dos lados. Deslize os dedos por cima. Pode-se ler "Loja dos Suicidas". Esses blocos também servem para as defenestrações.

O cliente espanta-se. À sua frente, Mishima estica uma dobra do lábio, o que acentua o arredondado da maçã de seu rosto sob os olhos redondos como bolas de gude. Ele arqueia as sobrancelhas.

– Sim, sim, sim. Os blocos de cimento tornaram-se mais pesados porque antes, o senhor sabe, nas noites de tempestade, quando pessoas de pouco peso se jogavam pelas janelas, eram encontradas no dia seguinte, de pijama, ridiculamente penduradas nos galhos de uma árvore, agarradas às saliências do edifício ou estateladas na varanda de um vizinho. Já, com o pesado bloco da Loja dos Suicidas fixado ao tornozelo, elas caem em linha reta.

– Ah!

– Muitas vezes, à noite, ao abrir a cortina de meu quarto, eu as vejo despencar das torres da cidade. Com o bloco de cimento nos tornozelos, elas se assemelham a estrelas cadentes. Quando são numerosas, como nas noites em que o time local perde, parecem areia que escorre das torres. É bonito.

Lucrèce, inquieta perto da caixa registradora, franze a testa com um olhar grave, observa o marido, escuta-o e pergunta-se:

– Será que Alan é contagioso?

14

– VOCÊ QUER MORRER? Então me beije!

Marilyn Tuvache pavoneia-se como uma rainha na seção dos refrigerados. Sentada numa grande poltrona de veludo escarlate, com braços e espaldar em madeira esculpida de folhas de acantos dourados, seu vestido é justo e seu decote, profundo. Ela se inclina na direção de um cliente intimidado pelo seu novo esplendor, sua juventude e o platinado de seus cabelos. Marilyn estende os lábios levemente maquiados na direção do desesperado:

– Aqui, na minha boca, com a língua...

O cliente ousa aproximar-se. Marilyn abre o grande lenço de seda branco – o presente de Alan –, com o qual recobre a cabeça do homem e a sua. E sob o lenço, que parece um fantasma que lhe recobre os ombros, adivinha-se que eles se beijam. As cabeças inclinam-se longa e lentamente sob a seda; depois Marilyn a retira. Um fino filete de saliva escorre entre suas bocas. O cliente o recolhe com o dorso da mão, e em seguida o lambe, para não perder nada.

– Obrigado, Marilyn.

– Não se demore. Outros clientes esperam.

A nova função da filha dos Tuvache é um verdadeiro sucesso, para assombro dos pais.

– Depois dos estudos, que foram um verdadeiro suicídio escolar, finalmente ela encontrou seu lugar... na seção dos refrigerados – Lucrèce suspira.

– Desde o kit Alan Turing, essa foi a melhor ideia que tivemos – confirma Mishima.

E a caixa registradora não para. Existe uma lista de espera. Para as pessoas que telefonam para reservar um *Death Kiss*, Lucrèce responde:

– Sim, sim, se o senhor quiser, mas só daqui a uma semana!

Existem tantos candidatos ao beijo da morte que é necessário verificar se os clientes não voltam. Alguns se queixam:

– Mas eu ainda não morri!

– Entendo. É que o *Death Kiss* pode levar algum tempo para agir, mas vai acontecer. Além do mais, é necessário que tenha para todo mundo.

Os candidatos ao suicídio perguntam se podem, pagando mais caro, passar toda uma noite com Marilyn. Lucrèce se aborrece:

– Era só o que me faltava! Fique sabendo que nós não somos proxenetas!

Indignado, Mishima expulsa-os do estabelecimento:

– Vão embora, saiam daqui! Não precisamos de clientes como vocês!

– Mas eu quero morrer!

– Virem-se! Vão comprar cigarros!

E nos fundos da loja, Marilyn, beijando os homens, desabrocha como uma flor exótica e carnívora.

Alan passa perto dela, assobiando:

– Viu só? Eu não disse que você é bonita? Os homens da Cidade das Religiões Esquecidas ficam olhando o tempo todo pra você.

Aqueles da Torre Osíris que fecharam um pacote para pagar em grupo esperam. Em fila entre as gôndolas, eles avançam centímetro por centímetro no meio das seções com florestas de símbolos que os observam com olhares familiares: caveira para os produtos tóxicos; cruz negra sobre fundo laranja para os que são nocivos e irritantes; um desenho de ampola inclinada que goteja para significar um corrosivo; um círculo negro de onde saem traços em estrela para os produtos explosivos; uma chama para simbolizar os produtos inflamáveis; uma árvore sem folhas perto de um peixe morto avisa sobre periculosidade para o meio ambiente. Alguns triângulos são ilustrados com um relâmpago, um ponto de exclamação, uma caveira e depois três círculos reunidos para os perigos biológicos. Cada um dos artigos à venda é decorado com essas pequenas figuras, mas todos os clientes parecem esperar somente pelo beijo de Marilyn. As clientes, enciumadas, fazem um pouco de cara feia.

– Mas as senhoras também podem se inscrever – informa Mishima, que tem o espírito aberto. – Marilyn não tem nada contra.

Um jovem gentil entra na loja lotada afirmando que reservou o *Death Kiss*. Lucrèce vira o olhar em sua direção.

– O senhor já veio antes, eu o reconheço.

– Não. Nunca vim.

– Sim, eu o estou reconhecendo.

– Sou o guarda do cemitério onde, antes, sua filha depositava as coroas de flores para os clientes que os convidavam para seu enterro.

– Oh, desculpe-me! – exclama Lucrèce, de repente confusa, levando a mão à boca. – Eu não o havia situado... mas deveria, porque nós não saímos muito, além das idas ao cemitério. Algumas vezes, no final da semana, vamos ao bosque para pegar cogumelos venenosos, mas fora isso... São todos esses clientes que tentam vir mais de uma vez que me atordoam.

O jovem delicado fica na fila atrás dos demais. Destroço humano pronto para a eternidade, ele é pálido como uma vela. Com o belo rosto roído pelos cancros do coração, ele observa, no decote, os seios de Marilyn curvada e seu vestido entreaberto, quando ela se torce para beijar os homens. O rapaz contempla com medo aquela da qual espera um beijo. Quando chega sua vez, ele lhe pede:

– Infunda em mim seu veneno, Marilyn.

A moça Tuvache, que enxugava os lábios, o encara e responde:

– Não!

15

– COMO ASSIM, NÃO? Por que não? – espanta-se a mãe, mãos sobre os quadris, nos fundos da loja.

– Sim, por que não? – repete o pai que, de colete de lã, atravessando a multidão, inquire sobre o motivo de Marilyn: – Ela enguiçou?

– Não vou beijar esse jovem – diz a filha.

– Mas por quê? O que está acontecendo? Acho-o tão gentil, e é um belo rapaz. Você beijou alguns mais feios e que pareciam muito mais desagradáveis.

O jovem em questão, de pé, em frente à moça loura Tuvache sentada em seu trono, não tira os olhos dela:

– Não tenho mais visto você, Marilyn. Parou de ir ao cemitério. Beije-me.

– Não.

– Ora, vamos acabar com isso, sim? – o pai se aborrece. – Os clientes esperam. Marilyn, beije esse moço!

– Não.

Mishima está estupefato. Lucrèce, perto dele, balança a cabeça:

– Está bem, eu compreendi. – Ela leva o marido para um lugar à parte, perto da escada e ao abrigo de ouvidos indiscretos: – Sua filha está apaixonada. Também, de tanto beijar todo mundo, mais cedo ou mais tarde isso ia acabar acontecendo...

– O que diz, Lucrèce?!

– Ela ama esse jovem guarda do cemitério e não quer lhe dar o beijo.

– É o guarda do cemitério? Não o havia reconhecido. Então, mesmo assim, é uma atitude estúpida. Quando a gente ama, a gente beija!

– Mishima, reflita! Ela tem o *Death Kiss*...

– Merda! – lamenta o marido, que havia esquecido esse detalhe.

E, arrastando os pés, aborrecido, ele se senta num degrau da escada, olhando para a seção dos refrigerados.

– Quando não são os cogumelos que apodrecem ou as rãs que fogem, é Marilyn que se apaixona. Esta seção dos refrigerados é amaldiçoada!

A multidão resmunga e impacienta-se na loja:

– Então, essa fila anda?

Mishima levanta-se e vai até o jovem guarda do cemitério para fazer uma proposta:

– O senhor não gostaria, em vez disso, de uma corda ou de um veneno? Há outros meios de se acabar com a vida, especialmente aqui! As lâminas de barbear, a maçã de Turing... não lhe interessam? Lucrèce, o que podemos lhe propor? Vamos, para o senhor faremos de graça! Não importa o que, um *tanto*, um quimono, aquilo que o senhor quiser. Mas decida-se!

– Quero que Marilyn me beije.

– Não – responde a jovem Tuvache. – Eu amo você, Ernest.

– Eu também – responde o guarda do cemitério. – Até a morte.

Criou-se um impasse. Apesar da multidão, agora reina um silêncio de morte na Loja dos Suicidas. E, de repente, ouve-se alguém berrar.

16

"*TUM-TUM, TRÁ-LÁ-LÁ!* *Eis que cantamos, eis que alguém canta! Tum-tum, trá-lá-lá! Eis que alguém canta na minha casa!*"

– Mas o que é isso, o que está acontecendo?!

A senhora Tuvache ergue a cabeça na direção do teto, pois a canção, cujo volume está no máximo, parece vir do andar de cima.

"*Tum-tum, trá-lá-lá!*"

A senhora Tuvache range os dentes. Os nervos enrijecem e afundam-lhe as bochechas. Os lábios contraem-se e o sangue se esvai. As ampolas de veneno tremem e se entrechocam nas prateleiras. Sob as vibrações da canção berrada no máximo volume, elas tremem, deslocam-se, prestes a cair. Lucrèce precipita-se para segurá-las.

– É Alan!

Um tubo de neon se rompe. Dele escorre um filete de fumaça de odor ácido, que irrita os olhos de todos os candidatos a suicídio que esperam pelo *Death Kiss* de Marilyn. Um sabre de *seppuku*, fixado contra a parede da escada, solta-se e cai verticalmente sobre um degrau. Sua lâmina brilhante vibra e lança raios, enquanto as cordas para enforcamento desenrolam-se e caem no lajeamento onde os clientes enrolam os pés em seus nós corredios.

Mishima fica transtornado. O vidro dos bombons sobre o balcão cai e espatifa-se em mil pedaços cintilantes. As lâminas de barbear escorregam. Os pequenos quadros com as maçãs de Turing caem, dando a impressão de se estar sob uma macieira cujo tronco foi sacudido. A gaveta da caixa registradora abre-se sozinha, exibindo todas as notas, cada uma delas recebida com a nova seção dos refrigerados. Alguns desonestos da Torre Buda apropriam-se do dinheiro, enchendo as mãos. Mishima, assistindo à pilhagem, ordena imediatamente:

– Vão embora, todos para fora! De qualquer maneira, já é quase noite. Vocês irão morrer outro dia. Guardem seus bilhetes numerados e retornem amanhã, quando tudo estará arrumado. E você também, jovem guardião do cemitério. Ande, caia fora! Pegue este revólver descartável de um único tiro, e não volte mais para nos aborrecer com suas histórias de amor!

"Tum-tum, trá-lá-lá! Eis que alguém canta na minha casa!"

Alguns dos depressivos expulsos saem cantarolando maquinalmente "Tum-tum, trá-lá-lá, trá-lá-lá...", enquanto todos os tubos de neon piscam como os spots na pista de dança da discoteca Kurt Cobain.

– Alan, desligue essa música! – grita a mãe.

Mas o caçula, no andar de cima, não pode ouvir por causa do barulho dos duzentos artistas soldados – barítonos, tenores e sólidas vozes de baixos – do coro do Exército Vermelho, que cantam a plenos pulmões "Tum-tum, trá-lá-lá, trá-lá-lá!", batendo também suas botas.

Lucrèce larga as ampolas que estava segurando, e elas caem explodindo sua periculosidade sobre o lajeamento, escorrendo por baixo das gôndolas.

– Pelo menos matará os ratos!

Quando sobe as escadas, ela se surpreende por ter tido esse pensamento e entra no quarto de Alan.

– Desligue isso!

"Tum-tum, trá-lá..."

Puf! A própria Lucrèce desliga o som.

– Está doente da cabeça, menino?! Estávamos vivendo uma tragédia antiga lá na seção dos refrigerados, e você... veja bem o que nos põe como música, seu imbecil! E seu irmão, o que me diz de seu irmão? Vai ver ele andou destruindo tudo novamente, escutando essas bobagens. – E ela sai para o corredor, seguindo até o quarto de Vincent.

Estoico, Vincent, diante de sua maquete intacta, dedilha com as unhas sobre a mesa o ritmo de "Tum-tum, trá-lá-lá". A mãe aproxima-se de sua cabeça enfaixada, observa a construção na qual ele fixa o olhar alucinado e espanta-se.

– Ora! Você juntou os trilhos de sua montanha-russa, filho?

– Foi Alan que me disse que seria melhor e que deixaria as pessoas mais felizes.

– Ah, não, isto aqui está ficando impossível! E, além disso, minha comida está queimando! Vamos, todos à mesa!

Mishima fechou o portão da loja, deixando a porta entreaberta para arejar, e apagou as luzes. A filha, já no alto da escada, arrasta de novo os pés. O pai começa a subir as escadas com cautela no escuro, para e acende uma lâmpada acima da cabeça: sobre o patamar, Alan olha e sorri.

A mãe, de mau humor, sai da cozinha e coloca energicamente uma travessa sobre a mesa da sala de jantar:

– Não quero escutar comentários, hein?! Com todas essas histórias, cozinhei como pude!

– O que é isso? – Vincent quer saber.

– A perna de um carneiro que se jogou de uma falésia. O açougueiro me garantiu. É por isso que o osso está quebrado. Mas por que isso importa a você, o anoréxico? Mishima, seu prato!

– Não estou com fome – previne Marilyn.

O ambiente à mesa é detestável. Marilyn choraminga, todos estão carrancudos. Menos Alan, que se mostra exultante:

– Puxa, mamãe, está muito bom!

Lucrèce lança um olhar para o alto, irritada.

– Como pode dizer que ficou bom, cretino?! Eu fiz qualquer coisa! Comecei a cozinhar o assado e depois coloquei um papel-alumínio, como se fosse um peixe, então imagine só! Até pulverizei açúcar por cima, antes de perceber que não era sal!

– Ah, é isso... – Sorri, cheio de apetite, o pequeno Alan. – ...tá com gostinho doce. Ficou crocrante por fora e macio por dentro, mamãe! Deve ter sido o alumínio.

Vincent, com a cabeça parecendo a de um Van Gogh em crise, empurra seu prato na direção da travessa. A mãe e o pai entreolham-se. Lucrèce serve o filho mais velho enquanto o caçula a felicita:

– Você devia abrir um restaulante. Ia ser melhor do que o François Vatel, e os clientes, satisfeitos, voltaliam sempre.

– Não tenho vocação para alimentar as pessoas, logo eu, pobre tolo! Eu as enveneno, e elas não voltam nunca mais! Será que um dia você entenderá isso?

Alan diverte-se.

– É mais ou menos o que fazem no François Vatel... É por isso que eles vão fechar. Você finge que está brava, mas sei muito bem que fica contente por eu gostar da sua comida.

– É verdade, está mesmo muito bom – o pai teve de reconhecer.

A mulher o fuzila com o olhar:

– Quer dizer que até você se mete, Mishima?!

Vincent enxuga os lábios rachados e torna a aproximar seu prato. Ele mesmo se serve novamente de um grande pedaço.

Lucrèce serve-se também. Somente Marilyn, com cara enojada, não tocou em sua comida.

– Compreendo – confia-lhe a mãe. – Pelo menos alguém tem paladar nesta família. Para dizer besteiras ela não gasta sua sali...

Lucrèce é interrompida por Marilyn, que desaba em prantos sobre a porcelana.

– O que foi? O que eu disse?! – grita a mãe, diante da censura que lê no semblante do marido.

– Mamãe, papai... nunca poderei beijar Ernest, o homem que eu amo! Senão ele morrerá!

– Ele se chama Ernest? – indaga Mishima. – Como Hemingway? Se não me engano, foi a mãe de Hemingway quem lhe enviou o revólver Smith and Wesson com que ele se suicidou, pelo correio, com um bolo de chocolate. O pai dele já tinha se matado, e sua neta também se matou, no dia do trigésimo quinto aniversário de suicídio do escritor. Ele havia exigido que a chamassem de Margaux porque era o nome de seu vinho predileto. Ela se tornou alcoólatra e se suicidou! É divertido, não?

Dessa vez, é Lucrèce quem enruga a testa olhando para o marido, que continua:

– Posso dizer que para mim também. É verdade que é uma falta de sorte essa história do *Death Kiss*. Ah, merda, puxa vida, um cara que poderia nos fazer herdeiros e com uma profissão de futuro: guardião do cemitério! Não podemos contar com Vincent em relação à descendência... Quanto ao outro, se algum dia ele se casar, será com uma palhaça! Então, se é para ter artistas de circo na loja que brinquem com as ampolas de veneno ou façam estripulias com as cordas de enforcar, não vale a pena.

Vincent Tuvache, concentrado, mastiga como um ruminante. Ele, que antes à simples ideia de engolir alimentos vomitava a bile do estômago vazio, agora se delicia, mastiga longamente e aprecia os sucos do carneiro suicida que escorrem na garganta. Sentado à esquerda de Alan, lhe pergunta, com a boca cheia:

– É preciso cantar o "tum" três vezes, antes do "trá-lá-lá"?

– Não, duas vezes – responde o irmão. – Tum-tum, tlá-lá-lá.

A mãe, na frente de Vincent, está estupefata pela indiferença dos meninos diante do desespero da irmã. Ela escuta, desamparada, o caçula aconselhá-la, enxugando o prato com o pão:

– Mamãe, você podia colocar lalanja na carne e rodelas de banana pra doular. Não ia ficar bom?

Lucrèce contempla o filho, e não lhe sobra outra atitude senão lamentar:

– Mas por que tivemos de testar um preservativo furado?

Sentada à sua esquerda e em frente a Alan, Marilyn choraminga de novo e fustiga a genitora:

– E eu, mamãe, por que você quis que eu tivesse a morte na boca como uma cobra? Vocês não previram nada!

– Bem, quer dizer que... a previsão do futuro, nós... com o nosso negócio... – gagueja o pai, sentado à cabeceira. – Se você quer saber, somos mais habituados a pensar no curto prazo.

Lucrèce não aguenta mais e diz uma frase inédita:

– Vincent, pare de se empanturrar! Isso é indecente! Sua irmã sofre!

– Ah, e por quê? – Alan estranha.

Mishima olha a longa faca que serviu para cortar o carneiro, e depois procura no peito do caçula o lugar exato onde deveria enfiá-la para praticar um *seppuku*. Ele está à beira do infanticídio, mas se domina e lembra, com voz neutra:

– Desde sua maioridade, sua irmã se tornou venenosa.

– Que nada! – O caçula dos Tuvache ri e diverte-se. – Vocês

acleditam mesmo nisso? No dia do seu aniversálio eu abli a geladeila e troquei a porcaria que estava dentro da selinga por um soro que o médico usa em Vincent quando ele está muito fraco.

Abate-se sobre todos um silêncio de tal magnitude que permite que se observe o estilo da sala de jantar: um canapé roxo – a cor do luto – na frente das cortinas da janela que dá para a Cidade das Religiões Esquecidas; um bufê antigo, datado provavelmente do século XXI; um lustre em forma de Saturno com seu anel em volta, e que pende sobre a mesa. E ao fundo, num canto, uma televisão em relevo que, na hora do jornal, permite crer que a apresentadora esteja inteira e pessoalmente na sala de jantar, para anunciar e cuspir na cara das pessoas as catástrofes mais inesperadas.

– O que disse, Alan?

– Você sabia, Vincent?

– Sim. – O mais velho dos Tuvache arrota e enxuga a boca com o guardanapo.

Os pais estão aturdidos. Aquilo lembra a Lucrèce da ocasião em que, por engano, aspirara um pouco de Mercador de Areia. Ela acha que vai desmaiar.

Marilyn ainda não está certa de ter entendido bem.

– O que vocês estao dizendo?

O pai, com a respiração muito lenta e oprimida, resmunga como um temporal no horizonte, carregado de chuva ácida:

– Pode ir encontrar seu guarda do cemitério. Vá, Marilyn. Seus beijos são inofensivos, e você enganou, sem querer, a clientela...

A voz de Mishima engrossa:

– Tudo isso porque esses pequenos crápulas... – os olhos ejetam relâmpagos – ...a encheram com um placebo!

A língua do pai, no céu da boca, estala como um trovão.

– Fazer isso... dois Tuvache! Vocês são a vergonha de sua raça! Dez gerações no negócio do suicídio, e nunca se viu uma trapaça semelhante! Eu bem que me perguntava, quando os clientes voltavam: "Mas por que eles não morrem?" E você, Vincent, de quem eu tinha tanto orgulho! Devia ter lhe dado o nome Brutus! Você se deixou influenciar por esse pequeno idiota, que merece, ele sim, o nome de um pederasta inglês. Ah, o safado!

– Vamos, você confunde tudo, Mishima! – intervém a mãe, que recuperou os sentidos.

Porém, o marido ergue-se e estica as enormes mãos na direção do pescoço de Alan, que foge rindo pelo corredor, com o pai a persegui-lo. Marilyn também se levanta da mesa e dispara atrás do irmão. Os dois perseguem Alan. Um para estrangulá-lo, a outra para abraçá-lo e dizer-lhe "Oh, Alan!". A mãe, que ainda não absorveu a informação tão recente, suplica:

– Marilyn! Não beije seu irmão, especialmente se o ama!

Vincent, sentado à sua frente, a faz recordar:

– Mas, mamãe, já que era soro glicosado o que ela injetou nas veias...

– Ah, sim, mas nunca se sabe!

17

NA MANHÃ SEGUINTE, entre a porta de entrada da loja e a janela perto do balcão, as oito horas ressoam no relógio preso na parede. Sobre seu mostrador em lata esmaltada aparece um personagem representando a Morte – um esqueleto em madeira, vestido com uma longa toga branca e com uma foice na mão, cantando "cuco, cuco...".

O rádio é ligado automaticamente para dar as notícias:

Depois da fratura terrestre da falha de San Andreas perto de Los Angeles, e das decorrentes erupções vulcânicas repetidas que espalharam lavas e cinzas por todo o continente no século passado, a vida volta à América. Alguns cientistas iranianos descobriram as primeiras aparições de líquen após o Big One na região onde ficava Nova York. Esportes: nova derrota do time local...

Lucrèce, de avental e máscara de gás, lava com muita água os venenos caídos na véspera sobre o lajeamento da loja e indaga:

– Uon-uon-uon, uon-uon-uon?

Mishima desliga o rádio:

– O que você disse?

A mulher desfaz as correias e ergue o cartucho do filtro da máscara:

– O que iremos fazer com Marilyn? Ela deve continuar como se nada tivesse acontecido ou parar? Não vou mentir: eu acharia isso uma pena, pois, enfim, essa seção dos refrigerados nos trazia dinheiro! Feche a gaveta da caixa registradora, Mishima.

O marido executa a ordem e em seguida arruma as cordas, refletindo. Ele varre, recolhe os cacos do bocal com uma pá e joga os bombons num monte sobre o balcão. E ordena a Alan:

– Retire os cacos de vidro entre os doces. Não pode deixar que as crianças cortem a língua! E também preste atenção para não se machucar. – E responde à mulher: – Eu não sei...

Marilyn, com seu vestido de trabalho em lamê decotado e justo, levanta os braços, o que acentua ao mesmo tempo a pureza do desenho de suas formas. Cintura tão fina, ventre de tal modo estirado, nádegas ultrajantemente arredondadas, pontas tão empinadas dos seios perfeitos, porque, do alto de uma escada, ela pendura novamente os pequenos quadros das maçãs:

– Pronto, está feito! Antes da abertura da loja, enquanto vocês refletem, tenho quase uma hora para ir ver se Ernest já chegou ao cemitério lhe contar a boa-nova.

– Oh, merda! – exclama Mishima sob a escada.

A filha, pensando ter deixado cair um quadro sobre a cabeça do pai, inclina-se em sua direção:

– O que foi?

Ele esfrega a testa pelada com a palma da mão.

– Acho que fiz uma besteira...

Lucrèce, que com luvas de cirurgião enxaguava um pano de chão, endireita-se:

– O quê?

– Ontem à noite, naquele momento de pânico, dei uma Smith and Wesson descartável a Ernest.

– Não?!

A mãe se espanta, e Marilyn, na escada, sente os pés escorregarem. Então, desliza ao longo dos degraus até o chão. Seu vestido elástico, até então tão sexy, estufa brutalmente e se enche como um paraquedas ridículo.

– Papai, precisamos fazer alguma coisa!

– O quê?

– Meu amor, ontem, com seu revólver... – Lucrèce balbucia – ...ele pode ter se... pode ter se ma...

– O quê? – O pai, atordoado, recusa-se a compreender o inevitável, sem dúvida.

Lucrèce, tirando as luvas de cirurgião, decide tomar as rédeas:

– Sei o que vamos fazer, Mishima. Vá rápido perguntar na floricultura Tristão e Isolda se alguém o viu passar esta manhã, enquanto corro até a casa da mãe dele, na torre Moisés. Marilyn, vá rápido para o cemitério; e você, tome conta da loja até que cheguemos.

Alan se vira, aturdido:

– Hein?

18

FALTA POUCO PARA AS NOVE HORAS. Lucrèce e Mishima voltam juntos, mas entram pela porta de serviço daquele antigo lugar de culto que se tornou a Loja dos Suicidas. O caçula não percebeu sua chegada porque, com as orelhas tapadas por fones de ouvido, dos quais os pais percebem os estalidos, ele escuta uma canção otimista e cantarola as palavras, divertindo-se:

– *É pleciso pouco para ser feliz, realmente muito pouco para ser feliz!*

Com a mão esquerda, a criança loura de cabelos encaracolado marca o ritmo estalando os dedos, na frente da janela para onde empurrou os sacos de surpresas. Com a mão direita, Alan ergue cada um dos bombons acidulados, observa-os e joga fora em média um em cada dois no balde de Lucrèce, onde eles se dissolvem entre as águas envenenadas.

– *É pleciso pouco...*

– O que ele está fazendo? – murmura Mishima ao ouvido de Lucréce.

Ela lhe responde:

– Alan descobre, pela transparência da luz, os bombons cheios de cianureto e joga-os fora.

– Oh...

Mas a senhora Tuvache coloca a mão sobre a boca do marido, que, num movimento desajeitado, derruba uma corda enrolada sobre a dupla prateleira central. A corda cai no lajeado com um barulho surdo.

Alan, diante da janela, vira-se, mostrando as bochechas infantis cheias de sardas. Ele retira um dos fones de ouvido, escuta e nota a corda caída no chão. Abandonando o balcão e sempre cantarolando, pega uma lâmina de barbear exposta; em seguida vai recolher a corda, da qual corta as fibras aleatoriamente.

– *É pleciso pouco para ser feliz! Realmente muito pouco...*

O menino recorta, ao ritmo da canção, alguns entalhes em torno do nó corrediço da corda. Então, tendo molhado de saliva o indicador, passa-o sobre as fibras para dissimular a sabotagem e guarda a corda entre as outras. Os pais, escondidos atrás da escada, estão ultrajados, mas continuam a espionar a criança, que volta para o balcão cantarolando e imitando de maneira cômica a dança desajeitada do urso feliz:

– *Afaste do coração todas as suas mágoas! Veja a vida pelo lado bom e você será um urso muito feliz!*

Ele usa sobre um bloco de cimento feito pelo pai o lado cortante da lâmina de barbear, porque assim, embotada, ela se torna inofensiva, e coloca-a entre as demais.

Não contente, abre alguns saquinhos de plástico transparente dos kits de suicídio Alan Turing, no interior dos quais substitui as maçãs por outras novas.

– Onde ele as achou? – cochicha Mishima.

– Na cesta de frutas da sala de jantar.

– Espero que não vá colocar as outras no lugar. Ah, o danado!

O senhor Tuvache surge enfurecido vindo de baixo da escada. O personagem da Morte sai do relógio e canta as nove horas: “Cuco, cuco... ” O rádio liga automaticamente para as notícias:

– Meteorologia. O tempo piora. Anunciamos chuvas de ácido sulfúrico...

O pai desliga o aparelho e vira-se para o caçula, que, surpreso, retira os fones para ouvir Mishima trovejar:

– Então, para você, já está decidido!

No alto, contra a parede, o personagem da Morte continua a ressoar sua série de nove duplos "cucos" irritantes para indicar as horas. Mishima joga-lhe uma maçã envenenada. A Morte, atacada, perde a cabeça de madeira, e o fruto fatal enfia-se sobre a lâmina da foice. "Cuc..." A maçã e o personagem, desalinhado e decapitado, bloqueiam a fechadura das pequenas portas arredondadas e esculpidas sobre o mostrador, enquanto da fruta escorre o sumo sobre a toga da Morte.

A língua de Mishima revira dentro da boca com a velocidade de uma pá de ventilador, e os caracóis de Alan esvoaçam. Com uma careta adorável, o menino fecha os olhos sob o vento da cólera paterna.

– Você passará suas duas semanas de férias escolares de inverno em Mônaco, fazendo estágio num comando suicida!

Lucrèce chega segurando a cabeça entre as mãos.

– Oh, não, Mishima! Mônaco, não! Não, isso não!

– Sim!

A mãe suplica ao marido:

– Mas, querido, lá eles são todos loucos, loucos de ódio e de brutalidade, ao passo que Alan é tão...

– Isso colocará um pouco de chumbo na cabeça desse menino, e assim a vocação vai despertar! – exclama o pai, que continua virado para o filho. – Vá preparar suas malas! Não leve nenhum CD. Lá não é um lugar onde escutem música, os camicases!

Lucrèce está apavorada, mas Alan vê o lado bom da punição:

– Pra Mônaco? Lá faz muito calor. Vou pegar também o potetor solar e uma sunga. Se a gente for à praia...

19

– **O QUE ESTÁ ACONTECENDO** com você, Ernest? Está tão pálido!

– Ah, é essa máscara, minha sogra! Pensei que ia morrer de medo quando a vi.

– A máscara inventada por Vincent lhe provoca esse efeito? – espanta-se Lucrèce.

– Mas por que ele faz coisas horríveis assim? – Trêmulo, o jovem guardião do cemitério senta-se num degrau para tentar se recompor.

– Foi meu Alan (coitado, tomara que...) que, antes de partir para o estágio, aconselhou Vincent a espantar suas angústias criando máscaras que representem os monstros de seus pesadelos.

– Ah, então, mas... Puxa vida! Que alívio!

– Meu noivo é muito emotivo – derrete-se Marilyn, que vem se sentar perto dele e o toma nos braços. – Meu bebê...

– Nossa, se é o que você diz para um guarda de cemitério... – comenta Mishima, que se aproxima também.

– Não se trata de ser emotivo. Vejam bem, será que Vincent não deveria consultar um médico? – justifica-se o amor da menina Tuvache. – Porque a mim parece grave.

– Que nada. – Lucrèce abana a mão. – Ele finalmente encontrou o apetite, e agora não para mais de se empanturrar. Vá lá... Além do mais, você sabe, Ernest, que nós, os Tuvache, não temos apreço algum pelos psiquiatras.

– Sim, mas, mesmo assim... Bem... a senhora não teria por acaso um copinho de aguardente?

– Aguardente? Não, não temos isso nas prateleiras – desculpa-se Mishima. – Em compensação, eu me pergunto se as máscaras podem produzir esse efeito nas pessoas muito frágeis e fracas de coração. Teríamos de experimentar! – conclui, enquanto o pequeno esqueleto ressoa com seus tubos balançantes de ferro, que servem de campainha na porta de entrada.

Uma senhora gordinha e de cabelo encaracolado entra no estabelecimento.

– Olá, senhora Phuket-Pinson! – cantarola Lucrèce dirigindo-se até ela. – A senhora veio cobrar a pendência que deixei no açougueiro?

– Não, não é isso. Preciso de algo para mim...

– Ora! O que houve?

– Soube que, desde que fiquei doente, meu marido é amante da garçonete do restaurante François Vatel. Por isso quero acabar com minha existência. Eu já estava mesmo muito aborrecida com meus problemas de saúde.

– Certo... os problemas cardíacos, creio – sussurra hipocritamente o senhor Tuvache, que se aproximou também trazendo na mão um saco de papel com a máscara de Vincent. – Senhora Phuket-Pinson, feche os olhos sem trapacear que eu vou verificar uma coisa.

A açougueira gordinha, dócil e resignada como um animal de abate, baixa as pálpebras de longos cílios de vitela. Mishima amarra os laços da máscara na nuca da cliente e depois oferece um espelho à comerciante de carne de animais mortos.

– Veja como ficou agora!

A senhora Phuket-Pinson ergue as pálpebras e descobre sua nova aparência no espelho:

– Ah!

As bochechas foram feitas de carcaça de galinha – que Vincent deve ter recuperado no lixo da cozinha –; um pedaço de pano de chão fora usado para fazer a testa e o queixo; o nariz era um bico escancarado de frango. De cada lado, os olhos são hélices de plástico verde e rosa, como as dos cata-ventos vendidos para as crianças perto das fontes dos jardins públicos. Elas giram e tocam música. Duas guirlandas de dentes que piscam – como as luzinhas de decoração para pinheiros natalinos – entre lábios demolidos constituídos por lascas de osso de um carneiro que teve uma fratura exposta. As noites de Vincent não deviam ser repousantes!

A visão de seus pesadelos espanta a pequena gorducha traída e cardíaca, que descobre também o espetáculo de sua cabeleira embaraçada feita com uma lã multicolorida salpicada de falsas aranhas e outros insetos venenosos. Graças a um astucioso sistema, uma fumaça escapa pelos olhos e se espalha pelo girar das hélices.

– Credo!

A açougueira cai, estirada. Mishima ajoelha-se perto dela, e depois se inclina:

– Senhora Phuket-Pinson? Senhora Phuket-Pinson!

Ele se levanta e é obrigado a reconhecer:

– Isso funciona!

20

MARILYN CONTAMINA por saudação; pelo menos é isso o que ela diz. Ao apertar a mão dos clientes, ela os cumprimenta:

– A Morte o saúda, senhor.

Um jovem desesperado e insignificante, com um ar astucioso, único cliente presente na loja e à frente dela, espanta-se:

– É só isso? A senhorita crê que isso será suficiente?

A menina Tuvache enfia a mão direita numa luva polar de lã, para que a palma transpire:

– Sim, sim – responde ela com arrogância. – Meu suor matador irá penetrar em seus poros, e logo o senhor estará...

O outro reivindica:

– Não posso também ganhar pelo menos um beijinho da parte da Morte?

– Bem... um beijinho pode. – Ela se inclina sobre ele e imprime a marca sensual de seu batom vermelho sobre a bochecha do rapaz.

O cliente manifesta sua decepção:

– Não, eu quis dizer aqui, na boca, com a língua e com a saliva, como a senhorita fazia antes. É só para garantir.

– Ah, não, isso acabou! – E a loura rechonchuda levanta-se de seu trono, com seu vestido de lamê. – Afinal, agora estou noiva do jovem guarda do cemitério – confessa, corando e batendo os longos cílios postiços dos olhos muito maquiados.

O outro, dizendo para si mesmo que, decididamente, sua existência terá sido "Sem sorte!", vai pagar na caixa registradora.

– Quanto eu devo?

– Doze euro-ienes.

– Doze?! Puxa, tem gente que ganha bem a vida... Basta apertar a mão e ganha doze pilas!

– Sim, mas depois o senhor terá morrido – justifica o senhor Tuvache.

– Está bem, assim espero. A esse preço!

E o cliente, a quem tudo decepciona, vai embora sob os pequenos tubos de ferro do esqueleto balançante da porta.

Mishima, preocupado, olha seu estabelecimento e balança a cabeça. Dezessete horas em ponto! No pêndulo do cuco, o personagem decapitado e demolido da Morte em madeira esculpida, que permaneceu encaixado nos batentes sobre o quadrante, soluça sacudindo a lâmina de sua foice plantada na maçã podre: "Cuc..."

Mishima ergue a cabeça e comenta:

– Isso é ridículo. De qualquer maneira, nada mais funciona nesta loja.

O rádio liga:

– O governo promete ataques terroristas de comandos suici...

O senhor Tuvache o desliga.

– Começa a me encher o saco, esse rádio.

– Mas, querido, foi você quem quis que ele fosse programado para ligar automaticamente na hora das notícias, e para desligar sozinho assim que começassem as canções e as variedades. Você dizia que era para o cli...

Lucrèce, angustiada e sentada à frente da caixa registradora, morde o lábio e torce as mãos de inquietação, porque ela queria ter escutado muito bem o resto das notícias para saber o que estava acontecendo.

O marido, que apesar de meio careca, ainda é belo como um imperador romano, perscruta Marilyn no fundo da loja. Vestindo luvas polares de lã, ela folheia negligentemente uma revista feminina na seção de refrigerados.

– Não é honesto o que fazemos. Meus ancestrais, envergonhados, devem estar se revirando no túmulo. E dizer que, além disso, agora vendemos máscaras cômicas para o carnaval... Este estabelecimento, que tinha certo estilo, parece-se cada vez mais com uma loja de disfarces e de fantasias.

– Imagine! É para que as pessoas morram de medo.

– Ora, ora, está bem, Lucrèce! E quem elas fazem morrer? Uma cardíaca foi mandada para o hospital, mas já saiu de lá. Impressionaram também um guarda de cemitério emotivo. Mas tirando isso... Você sabe tão bem quanto eu que as pessoas as compram de nós para divertir todo mundo no dia de seus aniversários.

– É possível que eles venham a morrer de rir soprando as velinhas...

– Ah, mas você sempre tem de ter razão! E digo mais: se acredita mesmo que não a vejo, assim que viro as costas, escolher os bombons à luz da janela... Garanto que não existe mais um único bombom envenenado no pote! Quando desço até o porão, eu a escuto oferecendo punhados de bombons para as crianças, e ainda lhes enxuga os olhos com um lenço. E eu escuto você lhes dizer: "Vai ficar tudo bem! Vai ficar tudo bem! Voltem para casa, gentilmente, porque seus pais devem estar preocupados." Essa não! Tudo parece degringolar, e até mesmo você, pelo visto, está com a cabeça virada, minha pobre Lucrèce! E sei quando tudo começou a desandar. Mas por que resolvemos testar um preservativo furado?! O que tem aí, preso com fita adesiva na caixa registradora à sua frente?

– É um cartão-postal de Alan, que recebi esta manhã – responde a mãe, nervosa.

– Deixe-me ver. O que ele escolheu como ilustração? Um holograma de bomba. Menos mal. Ah, mas evidentemente ele precisou desenhar um sorriso por cima!

– Ah, sim?

– Não tinha percebido, Lucrèce? Antes você teria reparado – continua Mishima, que desce ao porão levando consigo o cartão-postal, e aproxima-se de um saco de cimento usado para moldar os blocos para afogamento ou para pular da janela. – Essa criança! Espero que eles saibam como endireitá-lo, ou então... que o menino se torne um mártir.

Lucrece, autofágica, rói as unhas com o olhar perdido ao longe.

21

APÓS SUA PASSAGEM, MISHIMA FECHA a tampa que leva ao porão, acende uma lâmpada fraca e desce a escada da vertigem por onde se abisma a sua alma. Em sua mão, o cartão-postal com holograma de Alan e, sob a claridade do fim de tarde invernal que entra pelo respiradouro, encostado à parede, ele lê: "Queridos mamãe e papai, eu amo vocês."

O coração de Mishima é atravessado por um raio de luz. Os barulhos mecânicos que vêm da loja ou da própria casa não dissipam essa luz enquanto ele lê, sozinho no fundo do porão, as palavras do caçula: "Não se preocupem comigo. Vai ficar tudo bem."

Ah, esse eterno otimista, esse traquinas! O dia míngua, a noite aumenta. O céu fecha-se devagar, como uma caixa. Essa é a hora em que as dores dos doentes se aguçam, a noite sombria os agarra pela garganta. Como sob a terra onde estão os defuntos, num altar no fundo de sua aflição, Mishima emite um som de lamento, uma nota bizarra escapa:

– Alan...

É pouco mais que um sonho, e menos que um murmúrio. Alguns grãos de areia do bloco de cimento escapam-lhe por entre os dedos. É como uma água fria que sobe, é como uma vergonha que cresce. Já faz uma semana que a cada noite, tomado por um enorme pesadelo, Mishima debate-se como um nadador. Em seu leito, à direita, à esquerda, ele não encontra senão a insônia. E, mesmo quando dorme, grita:

– Alan!

Através da abertura da grade do porão, ele escuta, acima, o barulho de saltos sobre a calçada. E ocorre-lhe que, embalado por esse som monótono, estão pregando um caixão em algum lugar. É o crepúsculo. Os pedregulhos tingem-se de azul. É sempre um pouco noite para alguém em alguma parte do mundo, é sempre a hora desse arrepio nas costas: "Eu não aguento mais", diz a chuva de ácido sulfúrico. "Eu não aguento mais tudo isso que vem acontecendo." Mishima acreditava-se livre sobre um fio de aço, quando todo o equilíbrio vinha da corda bamba. Alan lhe faz falta. Nada confere o contrapeso.

Fora, o grito do bonde – um dedo preso aos fios elétricos –, e no fundo do porão tudo lhe parece um suicídio que não ousa. A areia fina, vagamente uma estrela. Mishima sente-se tal e qual aquele bloco à sua frente, que não tem outra lei senão seu peso. Uma roupa abandonada de Alan repousa sobre uma cadeira. Ele a pega, e nela enfia a cabeça, e esvazia o coração, que tem um reservatório de lágrimas.

Será que o escutaram soluçar?

Lucrèce, perto da caixa registradora da loja, ergue o alçapão e pergunta na penumbra:

– Mishima, está tudo bem? Mishima!

22

– NÃO HÁ MUITOS CLIENTES NESTA MANHÃ.

– Pois é, está morto.

– Talvez seja por causa da vitória do time local ontem.

– Pode ser...

Um jovem mendigo entra na Loja dos Suicidas. Ele veste um grande casaco sujo que o envolve inteiro, por cima de uma boa quantidade de malhas esfarrapadas. Uma calça manchada enrola-se em suas pernas. Os pés estão embrulhados em sacos de lixo recortados. Ele pergunta.

– Eu gostaria de me matar, mas não sei se tenho os meios. O que o senhor tem de menos caro?

Mishima, com um suéter de lã cor de ferrugem, com a gola em “V”, sem mangas, sobre uma camisa azul-petróleo, responde:

– Aqueles que não têm dinheiro se sufocam com nossos sacos de embalagem. Eles são bastante resistentes. Tome, aqui tem um pedaço de fita adesiva para fechá-lo hermeticamente em volta do pescoço.

– Quanto lhe devo?

– Bem, não é nada. – Sorri com um pequeno ricto nos lábios o senhor Tuvache.

O jovem mendigo com os dentes podres, sob um boné chinês de lã vermelha por onde escapam os cabelos empoeirados e embaraçados, lamenta:

– Ah, se eu tivesse encontrado pessoas tão desprendidas quanto vocês com mais frequência, não estaria aqui. Ou se eu tivesse tido pais mais presentes e protetores.

Ouvindo isso, Mishima enerva-se:

– Está bem!

Mas o mendigo agradecido continua exibindo a sacola que ganhou:

– Para retribuir vou enfiá-lo na cabeça sentado no banco aqui em frente. Os transeuntes lerão o nome da loja em torno de minha cabeça, e assim lhes fará um pouco de propaganda. Eu serei uma espécie de homem-sanduíche.

– Está bem. – Cansado daquela conversa, Mishima abre a porta e sente o frio do lado de fora. – Vamos, saia rápido, esse frio machuca!

Com a porta novamente fechada, o senhor Tuvache, febril e apressado, cruza os braços e esfrega as mãos sobre a camisa, dos ombros aos cotovelos, para se aquecer. Desloca um pouco os cones-surpresa da frente da janela perto da caixa registradora e esfrega a palma da mão sobre a vidraça embaçada.

Ele espia lá fora o jovem mendigo chegar até a calçada em frente e sentar-se num banco. Vê o moço escorregar a cabeça dentro do saco e envolver a borda da abertura em torno do pescoço, e depois fechá-la com a fita adesiva. Assemelha-se a um buquê de flores dentro de uma gola. O buquê sacode. O saco hermético incha e depois desincha. O nome do estabelecimento surge como sobre um balão de festa: "Loja dos Suicidas". Os pés cruzados, as mãos enfiadas nos bolsos de seu casaco pesado e a cabeça encolhida, o rapaz sufoca, inclina a cabeça para a esquerda. Agora pode-se ler do outro lado do saco: "Sua vida foi um fracasso? Conosco, sua morte será um sucesso!" O moço cai na calçada.

Lucrèce aproxima-se do marido como que deslizando sobre trilhos e olha por cima do ombro dele. Extraordinariamente digna, o porte de sua cabeça encimada por um pescoço fino não é senão nobreza. Sobre seu *chemisier* de seda vermelha entreaberto, o balanço de um cacho de cabelo castanho caído sobre a testa confere estilo a seu penteado. Ela parece estar dentro de um sopro. A boca longa, um pouco crispada, estica-se, e os olhos sombrios estreitam-se como se enxergasse mal, ou como se olhasse ao longe, muito longe à sua frente.

– Pelo menos agora ele não está com frio...

– Quem?

Mishima recoloca os cones-surpresa no lugar e vira-se. Através do teto da loja, ele ouve alguns soluços convulsivos, cortados por xingamentos, por maldições, por gritos.

– Vincent manifesta-se cedo – constata o pai. – E Marilyn, não desceu ainda?

– Ela está vadiando na cama com Ernest – afirma Lucrèce.

– Ah! Uh! Droga! – Em seu quarto, Vincent, vestindo a *djellaba* cinza estampada com explosivos, está com dor de cabeça. – Alan!

O jovem sente que a cabeça vai explodir e que os cacos irão se projetar por toda parte. Ele reforçou tanto as longas faixas de gaze em torno do crânio que se assemelha a um faquir cuja barba tivesse implodido. Vincent – essa ferida humana com o rosto vermelho sangrando de um artista em crise – vira os olhos de girassóis esbugalhados, e todos os seus traços marcados são uma formidável exaltação de fagulhas que jorram em labaredas. Apesar de ter engordado um pouco, ele não é senão carne exposta e nervos, sempre, o jato violento de um dilacerado da vida. Uma figura, tijolo superaquecido, de alienado sofrendo de alucinações. Uma onda o percorre diante de uma máscara de louco esfolado e espremido por todos os lados por seu pincel embriagado. Mescladas ao tumulto das matérias heteróclitas do disfarce, a irradiação e as vibrações de suas tintas vomitam e gritam, com a cor agarrada como aquela que é espremida do tubo.

– Alan!

Pendurado na lâmpada de sua mesa, um cartão-postal de seu irmãozinho, com um holograma sobre o qual se pode ler: "Você é o artista da cidade."

Do outro lado da parede do meio que separa os quartos, Ernest, sobre o ventre de Marilyn, dança amorosamente. Inclinado sobre ela, ele parece acariciar um túmulo. E quando a água da boca de sua amada sobe até os dentes, o rapaz a bebe e lhe diz:

– Você, que como uma faca entrou em meu coração!

A beleza de suas carícias são veladas por vapores rosa. E a menina Tuvache remexe os lábios.

Flores se esparramam num canto. Os sons e os perfumes misturam-se na atmosfera: valsa melancólica e dolorosa vertigem. Os seios de Marilyn, empinados como escudos, agarram raios. O guarda do cemitério escorrega sobre as palavras como sobre as pedras da calçada:

– Eu te amo!

Ele a enlaça e embala sua alma. O sorriso eterno dos trinta e dois dentes da menina o carrega para lugares que não são conhecidos. Marilyn provoca-lhe o efeito de um belo veleiro que navega ao largo. Mostrando os seios, cotovelos nos travesseiros, sua sereia sem bustiê tem um belo ar festivo. Amorosamente fervente, ela também levanta a cabeça, inclina-se. Pregado na parede, um cartão-postal: "Você é a mais bonita."

Lucrèce, Marilyn, Mishima, Vincent. A todos Alan faz falta, como lhes falta um sentido para a própria existência.

23

– CUCO!

O pai, surpreso, ergue a cabeça na direção do pêndulo do relógio.

– Ora, ele está funcionando de novo? – E baixa os olhos. – Ah, é você? O que faz aqui?

Na frente da gôndola dos venenos, a mãe embrulha uma ampola para uma velha de corpo retorcido. Esse monstro desmembrado que outrora foi uma mulher se queixa:

– Demora tanto envelhecer até o final!

Tendo se tornado tão pequena quanto uma criança, parece que esse ser frágil, com uma sacola da loja na mão, se encaminha docemente para um novo berço. Ela poderia fazer um rio com as próprias lágrimas.

Lucrèce vira-se:

– Alan!

Mochila nas costas, cabelos ao vento, o caçula está perto da caixa registradora, e a loja, de repente, é varrida por um raio de verão. A mãe precipita-se em sua direção.

– Meu menino, você está vivo!

As cores retumbantes com as quais ele enfeita sua roupa projetam a imagem de um balé de flores, e a esperança brilha no ladrilho. Marilyn, na seção dos refrigerados, aperta rapidamente a mão de um cliente do qual se despede:

– A Morte o saúda!

Em seguida, ela corre na direção do irmãozinho, com a saia ampla esvoaçando. Seu coração bate como um tambor.

– Alan! – Ela o beija, acaricia suas bochechas, fecha as mãos, escorrega os dedos nus sob o suéter da criança, toca sua pele.

O cliente de Marilyn espanta-se:

– Você também vai matar seu irmãozinho?

– O quê? Claro que não!

O cliente queixoso paga os doze euro-ienes, sem entender. Ele toca de leve em Alan, deslumbrado pela saúde que esguicha como uma claridade de seus braços e de seus ombros. Ele sai atrás da anciã perplexa.

A mãe grita e chama:

– Vincent! Vincent! Venha ver! Alan voltou!

Com uma caixa de chocolates na mão e mastigando, Vincent surge no alto dos degraus perto da portinhola que dá para a escada em caracol que leva à torre daquele antigo edifício religioso (igreja, templo, mesquita?). A brisa que sopra por baixo da porta levanta a bainha de sua *djellaba* estampada de bombas atômicas. Alan escala os degraus e abraça o irmão:

– Ei, artista da cidade, você engordou, hein?

Esse – o Van Gogh de turbante – observa o suéter do irmão caçula, ilustrado por um desenho que o intriga. No fundo de um aquário se vê uma carta, em que se lê: "Goodbye." Acima da abertura do vidro, um peixe vermelho, ainda pingando, alça voo, agarrado à linha de um balão colorido. Um outro peixe, que permanece na água, solta bolhas e grita: "No, Brian! Don't do it!"

Vincent não ri.

– O que é isso?

– É humor.

– Ah!

Mishima, que chegou pelos degraus até o pé da escada, vira a cabeça para trás e pergunta lá do alto a Alan:

– Por que você voltou mais cedo?

– Me mandalam embora.

A criança, cujo olhar espanta pela franqueza, sempre à vontade, como o ar no céu e a água no mar, desce a escada, que ele recobre com um tapete triunfal com as suas risadas.

– Eu me divertia muito lá, mas isso irritava meus instutores. Mas os outros alunos, homens-bomba que nem eu, eu conseguia acalmar. Quando a gente desfilava de noite, vestidos com um lençol branco e com a cabeça coberta por um capuz pontudo com dois buracos pros olhos, eu contava algumas piadas sobre os pães de plástico presos com fita adesiva na barriga, e eles riam. Enquanto faziam xixi nas dunas de Nice, eu colhia rosas na areia, e, quando contei a eles que eram feitas do xixi de camelo misturado com a areia e esculpidas pelo vento, eles acharam a vida maravilhosa. E então voltaram pros quartos cantando: "Bum, meu coração faz bum!" O responsável pelo estágio do comando suicida ficou desesperado, uma catástofe. Eu brincava de fingir que não entendia nada de suas explicações. Ele ficava doido! Um dia, à beira de uma crise nervosa, colocou explosivos em volta da cintura, pegou o detonador e me disse: "Olhe. Vou fazer a demonstração só uma vez!". E então ele se explodiu! Aí me mandaram embora.

Mishima sacode a cabeça, primeiro verticalmente, em silêncio. Ele é como um ator que não consegue lembrar do texto do seu papel. Depois tem um balançado vaivém lateral.

– O que vamos fazer com você? – indaga.

– Você quer dizer pelo resto das férias? Ele me ajudará a preparar os venenos! – entusiasma-se Lucrèce.

– E fará as máscaras comigo – diz Vincent, do alto dos degraus.

24

– **RÁ-RÁ-RÁ!** Ah, como é divertido! Ui! Estou com dor de barriga! Rá-rá-rá! Nem posso mais respirar!

Um homenzinho débil, de bigode e chapéu, vestido com um terno cinza, havia entrado tristemente na loja. Lucrèce acabara de lhe apresentar uma máscara confeccionada por Vincent e Alan.

– Nossa, como é engraçado! Rá-rá-rá! Essa cabeça de bobo...

Mishima, de costas arcadas, acabrunhado sobre uma cadeira, os braços apoiados sobre as coxas afastadas e os dedos cruzados sobre os joelhos, levanta opressivamente o rosto na direção desse cliente matinal, o primeiro do dia. Ele o vê de frente, gargalhando diante do espetáculo da máscara que lhe é apresentada por Lucrèce, que está de costas para o marido. E o cliente ri, levando uma das mãos à boca:

– Ui! Mas como é que alguém pode criar algo assim? Como?!

– Meus meninos fizeram a máscara na noite passada. É benfeita, não acha?

– Ah! Sim, mas que cabeça de bobo! E que olhos ela tem! Puxa vida! E o nariz? Ui, ui, olhem o nariz, então... Mas isso não é possível!

O cliente dobra-se de rir diante do disfarce facial que ele mesmo exibe na altura do peito à senhora Tuvache. Ele quase sufoca, tosse, arrota.

– Vamos lá, diga-me: é possível viver com uma cara assim? Isso não é brincadeira que se faça com os amigos! Ui! E a uma mulher, então? A senhora conhece uma única mulher que gostaria de um sujeito com essa cara, hein? Nem mesmo um cachorro, até um rato não iria querer, ah!

O cliente chora de tanto rir e tenta recuperar a respiração.

– Deixe-me ver novamente. Rá-rá-rá, eu não aguento mais!

– Então desvie os olhos – aconselha a senhora Tuvache.

– Não, minha decisão está tomada. Puxa! E ainda tem um ar lastimável. Deve ser um paspalho esse cara! Até um peixinho vermelho preferiria saltar do aquário em vez de ficar na frente dele! Rá-rá-rá!

O cliente molha a calça, urinando de tanto rir.

– Nossa, peço que me perdoe! Estou envergonhado. Desculpe. Eu tinha entendido que vocês faziam máscaras grotescas, mas esta daqui... Rá-rá-rá!

– O senhor quer ver outras? – propõe Lucrèce.

– Oh, não, a senhora não poderia me mostrar nada pior! Ah, o idiota! Mas que ele morra, que morra esse imbecil! Não fará falta a ninguém esse paspalho!

Mishima, até então com o olhar vago e abatido, fixa a atenção nesse cliente especial que se destrói de tanto rir diante da máscara.

– Ai, meu coração! Ai, ai... Ah, mas que ele tem o ar idiota! Ui!

Ele se contorce, os braços dobrados sobre o peito e os dedos estendidos em forma de estrela, e se joga desanimado sobre o piso, gritando contra a máscara:

– Paspalho!

Mishima fica em pé, terminando de fazer suas contas:

– ...e dois. Mas o que eles inventaram, afinal?

Lucrèce volta-se e apresenta-lhe uma máscara de plástico branco impessoal, sobre o nariz da qual Alan e Vincent colaram um espelho.

25

— **VEJA SEU REFLEXO** nessa máscara, moça. Olhe de novo e leve a máscara pra casa. Você pode deixar ela no banheiro ou na mesinha de cabeceira.

– Oh, não, não, obrigada! Já vi horrores suficientes...

Alan, na frente da caixa registradora, insiste:

– Vamos. Você tem que se amar. Tenta mais uma vez. Por mim. – Ele ergue a máscara-espelho na frente da jovem mulher, que, rápido, vira o rosto.

– Não posso.

– Mas por quê?

– Eu sou monstruosa.

– Como assim? Por favor, me explica. Você é como as outras: tem duas olelhas, dois olhos, um nariz... onde está a diferença?

– Você pode vê-la, meu menino. Meu nariz é torto e comprido demais. Meus olhos são muito próximos um do outro, e tenho bochechas enormes, cheias de cravos.

– Que nada! Vamos ver?

Alan abre uma gaveta de sob a caixa registradora e tira uma fita métrica de costureira, que desenrola. Coloca um dos lados metálicos da fita entre os olhos da cliente e mede até a ponta do nariz.

– Sete centímetros. Tinha que ser quanto? Cinco? E entre os olhos, vamos medir também. Quanto você queria que tivesse? Mais um centímetro? E as bochechas... o que elas têm de errado? Não se mexa, vou colocar a fita bem na orelha. Podia ter menos quatro centímetros.

– Cada uma.

– É, cada uma. Mas, pensa, são só uns poucos milímetros se comparados ao tamanho do Universo. Não é motivo pra se matar! Fique sabendo que, quando você entrou aqui, não vi nenhum ser de outro planeta com oito tentáculos, ventosas, olhos redondos e antenas de dois metros! Ah, está rindo... Sabia que você fica bem melhor assim? É verdade. Quer ver? – Alan levanta a máscara de plástico branco diante da cliente, que de imediato faz uma careta.

– Meus dentes são horríveis.

– Que nada. São só um pouco tortos, aí parece que você não pôde usar aparelho quando era criança. É até bonitinho. Vamos lá, sorria.

– Você é gentil.

– De fato ele é simpático – comenta, com um murmúrio, uma voz grave proveniente de longe, por trás da jovem. – No entanto, seus dentes não são mesmo tão terríveis assim.

– Sei...

Mishima e Lucrèce, em pé e lado a lado na frente da prateleira das lâminas de barbear, de braços cruzados, observam em silêncio o filho, que tenta empurrar uma máscara para a cliente que eles só veem de costas, com seu corpo sem cintura, a bunda grande, as pernas grossas como postes. Dos traços desagradáveis de seu rosto eles enxergam apenas o reflexo no espelho da máscara branca que lhe apresenta Alan.

– Sorria. Isso é normal. Muita gente começa dizendo que não pode nem se ver nos vidros das lojas, e acabam rasgando os póprios retratos. Sorria, você está sendo olhada!

– Estou cheia de cravos...

– São cravos de nervoso. Quando estiver mais calma, eles vão sumir.

– As colegas me acham estúpida.

– É porque você não confia em si mesma. Aí fica sem jeito e diz coisas que não queria. Mas se aprender a domesticar o reflexo desta máscara e a amá-lo... Olhe pra essa pessoa que está na sua frente. Encare-a. Não tenha vergonha dela. Se você cruzasse com ela na rua, ia querer matá-la? O que ela fez pra ser odiada? Tem culpa de quê? Por que não pode ser amada? Se ficar amiga dela, todo mundo vai querer ficar também!

– Ora bolas, tudo isso por uma máscara de cem euro-ienes? Tenho de reconhecer que ele tem tino comercial e não economiza a saliva – sussurra Mishima, satisfeito.

A jovem mulher, desconcertada, olha para a direita e para a esquerda.

– Será que me enganei? Eu estou mesmo na Loja dos Suicidas?

– Puxa, não dá pra esquecer esse nome? Ele não leva a lugar nenhum!

"Por que ele diz isso?", pensa o pai, franzindo a testa.

– A vida é como é. E vale o que vale! Ela se vira com sua falta de jeito. Não se pode pedir muito da vida. Mas pra que querer acabar com ela? Não dá pra ver as coisas pelo lado positivo e deixar essa corda e esse revólver em cima da mesa? Do jeito que você tá angustiada e desesperada vai acabar se machucando. Pode fazer qualquer coisa. Vai acabar caindo do banquinho e quebrando o joelho! Não está com dor no joelho, não?

– Estou com dor em todo lugar.

– Tá, mas e no joelho?

– Não, felizmen...

– Ainda bem! Tomara que continue assim. E espero que ele sirva pra levar você de volta pra casa, com esse rosto de mulher na máscara. Se não fizer isso por mim, faça por ela, então. Qual é seu nome?

A cliente ergue as pálpebras na direção do espelho.

– Noémie Ben Sala-Darjeeling.

– Que nome bonito, Noémie. Ame a Noémie. Você vai ver como ela é simpática! Leve essa máscara pra casa. Sorria pra ela, e ela vai sorrir pra você! Tome conta dela, ela precisa de carinho. Você pode lavar ela, passar perfume e vestir roupas bonitas nela. Você vai ver como ela vai se sentir bem e acolhida. Ela se tornará sua amiga, sua confidente, e vocês serão inseparáveis. As duas, juntas, vão rir muito. Tudo isso por apenas cem euro-ienes. Não é caro, né? Posso embrulhar? Vou deixar você cuidar dela. Cuide muito bem. Ela merece.

Durante o barulho de abertura da gaveta da caixa registradora, Mishima se queixa:

– Ele bem que poderia também ter faturado uma corda e um revólver...

– Tome, escolha uma bala neste baleiro. – Alan sorri.

– Mas elas não estão... – pergunta a cliente.

– Não, não! Tchau, moça que não tem dor no joelho!

26

QUANDO LUCRÈCE, DE FRENTE, cruza os dedos alongados sobre a cabeça, seus braços dobrados desenham as pálpebras de um olho, do qual sua cabeça seria a pupila central. De cada lado das orelhas, no interior da dobra dos braços, a parede atrás reluz um branco córneo. A senhora Tuvache torna-se um grande olho pousado sobre o busto de uma mulher.

– Tchau, senhor.

Perto dela, Alan surpreende-se:

– Puxa, agora você dá tchau aos clientes?

– Ele não levou nada. Eu lhe digo "até logo" para que volte. Quando alguém entra pela primeira vez aqui para olhar, sempre pode voltar um dia ou outro para comprar. Ele precisa se acostumar com a ideia. Aqueles que são tentados para o enforcamento começam comprando lenços de seda para enrolá-los em torno do pescoço cada vez mais firme. Em casa, eles apertam o pescoço com uma mão, para sentir as vértebras, a cartilagem, os tendões, os músculos, as veias que pulsam. Eles se habituam. Esse homem voltará...

Lucrèce, mantendo as mãos cruzadas sobre os cabelos, vira a cabeça e a inclina para a direita. E então poderíamos dizer que tudo isso é o grande olho que ordena à criança:

– Feche a porta de ferro, apague as luzes. Vamos subir, Alan.

27

NO QUARTO FECHADO DO CASAL, Mishima está à janela. Segurando a cortina dobrada, ele observa o sol, que se afoga em seu próprio sangue, e a vida, que nas sacadas das torres desmorona em grandes muros de filosofia. O futuro que bate mostra sua chaga obscena e, embaixo, espalham-se os homens e o que eles sonharam.

O senhor Tuvache, comerciante que se tornou amarelo, melancólico, com as cores do poente refletidas nos olhos, sente-se desolado, decrépito, poeirento, sujo, abjeto, viscoso, rachado.

Ele se desencanta até mesmo com Lucrèce. Tudo se esfacela, amor e beleza, até que o esquecimento os jogue em seu ataúde para devolvê-los à eternidade. Gostaria de se embebedar, mas isso custaria caro. E quanto à conjunção carnal, seria uma outra história, no final, corriqueira. Música engraçada a dessa ginástica que consideramos divertida... E o enigma dos pensamentos torna-se uma cacofonia.

Não há mais estação, quebraram o arco-íris, dobraram a neve. Atrás das torres da Cidade das Religiões Esquecidas – esse país mental –, as primeiras grandes dunas de areia, das quais às vezes o vento sopra grãos sobre o Boulevard Bérégovoy, até sob a porta da Loja dos Suicidas. No chão, projetores giratórios e fantásticos varrem o céu coberto e a poluição dos grandes cones de luz verde. Os pássaros que tomados por algum impulso se aventuram até aqui asfixiam-se e morrem de crise cardíaca em cima das torres. De manhã, as mulheres recolhem as plumas com as quais fazem um chapéu exótico antes de se jogarem, elas mesmas, no vazio.

É a hora dos gritos provenientes do imenso estádio, repentinamente iluminado, e do povo apaixonado pelo chicote embrutecedor. É a hora em que, em algum lugar, o enxame dos pesadelos vem torcer, sobre os seus travesseiros, as primeiras pessoas adormecidas. Ai de mim, tudo se deteriora – ação, desejo, sonho –, e nos braços de Mishima, que segura a cortina, os pelos se eriçam de medo, sentindo passar o ar sob a janela. A porta do quarto se abre, e Lucrèce lhe pergunta:

– Você vem para a mesa, Mishima?

– Não, não estou com fome...

Leva muito tempo para se ser um homem. Leva muito tempo para se renunciar a tudo.

– Vou me deitar.

É que, amanhã, ainda será preciso viver.

28

NA MANHÃ SEGUINTE, o senhor Tuvache não tem forças sequer para se levantar. A mulher o acalma:

– Fique na cama. Eu e as crianças podemos nos virar muito bem. O médico que chamei disse que você está com uma baita depressão e precisa repousar. Já dei um jeito com a escola de Alan. Ele faltará alguns dias. Não é grave. Você sabe que esse menino é cheio de ideias na cabeça!

Que ideias?

Mishima tenta colocar um pé no chão.

– Moldar os blocos de cimento, tecer as cordas, afiar as lâminas...

Mas ele sente tonturas, e Lucrèce lhe ordena:

– Fique deitado! E não se preocupe com mais nada. Saberemos fazer a loja funcionar sem você.

E ela se vai, deixando a porta aberta para o caso de o marido a chamar. O senhor Tuvache ouve lá embaixo, na loja, a quimera que desperta sua prodigalidade nos primeiros clarões da manhã.

Lucrèce e Marilyn sobem as escadas.

– Tome, minha querida, pegue a cesta e vá comprar três pernas de carneiro, laranjas e algumas bananas. E também açúcar! Vou preparar o carneiro como fiz da outra vez, e também seguindo os conselhos de Alan. Se não forem carneiros suicidas não tem importância. Isso não muda o gosto. Ernest, você poderia me ajudar a arrumar tudo isso? Então, Vincent, as primeiras já estão prontas?

Mishima detecta no ar um cheiro estranho.

– O que vocês estão fazendo? – quer saber.

A mulher chega com um prato e responde, no quarto:

– Panquecas.

– Panquecas... de luto?

– Nada disso. Panquecas para comer, naturalmente. Vincent joga a massa na frigideira com a concha e as desenha como caveiras, deixando buracos para os globos oculares, as cavidades nasais e o espaço entre os dentes. Em seguida, coloca um pouco de massa atravessada, como se fossem as tíbias cruzadas das bandeiras de piratas.

– E vocês as servem polvilhadas com um pouco de cianureto?

– Puxa vida! Rá-rá-rá! Descanse um pouco – diz Lucrèce, saindo do aposento.

Todos eles dão meia-volta e passam pelo corredor como borboletas enlouquecidas num baile frenético.

Na hora do almoço, ouvem-se os gritos de pedidos: "Dois pedaços de carneiro, Lucrèce!", "Três panquecas, Vincent!", "Marilyn, quer ir apertar a mão daquele senhor lá no fundo?", "As panquecas: duas de chocolate e uma com açúcar!".

– Lucrèce!

– O quê?

Em instantes, a senhora Tuvache entra no quarto enxugando as mãos no avental. O marido, atrozmente tenso, lhe pergunta:

– Mas o que é que isso se tornou? Um restaurante?

– Ora, como você é bobo! Claro que não! Afinal, vamos tocar um pouco de música também!

– Música? Que tipo de música?

– Alan tem alguns colegas que tocam instrumentos antigos. Creio que eles chamam aquilo de... violões. Sem sombra de dúvida, esse menino é sensacional. Ele reergue as vítimas!

– Que vítimas?

– Os clientes.

– Você chama nossos clientes de vítimas? Mas, Lucrèce...

– Mishima, agora não, está bem? Não tenho tempo para discutir.

E ela volta a sair. Valsa melancólica e vertigem, diríamos que o olhar de Mishima está recoberto de vapor. Sentado na cama, usando um quimono com uma cruz vermelha sobre o plexo solar, seu sonhador porte oriental... E todo o caos girando nessa fábula de úmidas neblinas que nadam nos olhos.

Alan passa na frente do quarto e para.

– Tudo bem, papai?

Ah, os grandes olhos desse menino, curador familiar das angústias humanas... Os arcanos adorados onde cintilam tesouros ignorados. E seus fogos de artifícios, as explosões de alegria que fazem rir o céu mudo e tenebroso da Cidade das Religiões Esquecidas.

Alguma coisa escapa da garganta de Mishima como um canto perdido. O garoto vai embora.

O senhor Tuvache gostaria de se levantar, mas se enrola nos lençóis como um peixe que se debate numa rede de pescador. Ele não consegue; deixa cair os braços sobre a coberta.

Mishima sente a metamorfose, e a coloca inteiramente nas costas de Alan. Ele sabe que agora, na Loja dos Suicidas, tudo está vaporizado por esse sábio alquimista.

29

– A PORTA!

Mishima, deitado em sua cama, após ordenar que fechassem a porta do quarto, liga sua TV 3D Sensações Integrais no horário do jornal da noite. Ele aperta vários botões do controle remoto.

Uma apresentadora materializa-se no aposento. Primeiro translúcida como um fantasma, aos poucos ela se torna cada vez mais nítida.

– Boa noite. Vamos às notícias...

Ela anuncia apenas merdas ultrapessimistas. Pelo menos um ser humano que não decepciona Mishima.

Em três dimensões, sentada numa cadeira e com os braços cruzados, pode-se até acreditar que a apresentadora está no quarto. Inclinando a cabeça à direita e à esquerda, é possível vê-la de perfil. Mishima sente seu perfume e o acha um pouco forte. Ele diminui a intensidade do aroma, graças ao controle remoto.

A apresentadora cruza as belas longas pernas. O senhor Tuvache não gosta muito da cor da saia. Inverte as cores apertando um botão. Ele puxa um cursor para aproximar a cadeira de si. Agora a apresentadora está sentada muito perto, como se próxima da cabeceira da cama, junto de um doente. Se o senhor Tuvache estendesse a mão, poderia tocá-la, sentir a textura da saia, que faria subir por cima dos joelhos de pele muito fina. Ele poderia também, enquanto ela fala, desabotoar sua blusa se assim quisesse, mas não tem cabeça para isso. Somente escuta, portanto.

Descontraída, debruçada e com um cotovelo sobre uma coxa, a moça sussurra-lhe as notícias da atualidade num tom de conversa íntima. Não temos mais aquele tom solene e discursivo da televisão de antigamente. A voz um pouco rouca e grave – italiana – da apresentadora é bonita:

– A ditadora do Universo, a senhora Indira Tu-Ka-Ta, inaugurou esta manhã, na província siberiana, um vasto complexo de oitocentas mil chaminés de seiscentos metros, encarregadas, como se espera, de reconstituir a camada de ozônio em torno de nosso globo. Porém, eu não acredito nisso – opina a apresentadora.

Mishima concorda com ela.

– Todos os peritos pensam que essa decisão deveria ter sido tomada no século XXI – a jovem continua –, porque agora é tarde demais. Até a presidente está convencida disso.

– Naturalmente – diz Mishima.

– Ela declarou sua opinião no discurso de inauguração. E agora, atenção, sensações no meio desse vasto território espalhado de chaminés de ozônio. Faz muito frio. Cubram-se.

A cama de Mishima encontra-se, de repente, em plena Sibéria. Ele sente o vento glacial, que sobe pelos lençóis, e aspira o odor da turfa úmida e gelada. E por todos os lugares as altas chaminés sopram o ozônio para o céu. O cheiro desse gás queima um pouco os olhos. O senhor Tuvache tira uma das mãos dos lençóis e a estende para o chão. Faz muito tempo que não experimenta a sensação da grama, que, quando acariciada, corta um pouco os dedos. Ele olha sua palma, que, no entanto, não tem traços de ferimentos.

A Sibéria deixa abruptamente seu quarto. A apresentadora reaparece sobre sua cadeira.

Marilyn, muito loura, com um vestido espanhol esvoaçante, entra no quarto. É ainda mais bonita que a moça da televisão. Seu guarda do cemitério a acompanha.

– Boa noite, papai querido. – A menina Tuvache atravessa a projeção da apresentadora. – Tem cheiro de puta. – E senta-se na cama ao lado do pai, que apaga o televisor. – Veja, papai, o belo buquê que Ernest me deu. Ele colheu as flores dos túmulos pensando em mim. O amor é lindo, não é?

– A mor... te?

– Não, o amor. Oh, puxa vida, você ainda não sarou! Seria melhor se resolvesse juntar-se a nós lá embaixo, na loja. Se visse o ambiente com as guirlandas e os lampiões, iria se sentir melhor. Quer que eu lhe traga uma panqueca?

– Somente se ela estiver recheada com *Amanita phalloides*...

– Ah, papai! Tome, vou lhe deixar meu buquê de flores do cemitério sobre o criado-mudo. Não espere mamãe para dormir, porque ela chegará tarde. Esta noite nós iremos fazer a *bomboula* na seção de refrigerados.

– A *bomboula*?

30

ALGUMAS NOITES MAIS TARDE, Mishima, usando chinelos surrados e o quimono com a cruz vermelha para se estripar, em vez do pijama, recuperou um pouco da força e da vontade para se levantar e tentar alguns passos tímidos.

Com a barba malfeita, a pele do rosto toda marcada pelas dobras dos lençóis e olheiras profundas, ele se arrasta até o corredor como um bêbado, chegando perto da pequena porta que dá acesso à torre e aos degraus que tem de descer para chegar à loja. E desse lugar, de pé no patamar, segurando o corrimão, Mishima olha para baixo.

E o que ele vê?!

Mishima não acredita nos próprios olhos! A loja, a bela loja de seus pais, e antes deles, de seus avós, que era sóbria como um necrotério de hospital, limpa, arrumada... o que se tornou?!

Sobre uma longa faixa estendida de uma parede à outra, por cima das gôndolas, está escrito: "Suicidai-vos de velhice!" Mishima reconhece a caligrafia de Alan.

Embaixo, uma multidão alegre discute, dá risada, aglomera-se sobre a ponta dos pés para fitar três jovens que cantam e tocam, na seção dos refrigerados, um vi... o... lão!

As pessoas marcam o ritmo batendo palmas, e pedem a Vincent as panquecas com a caveira, que ele confecciona em uma chapa elétrica sobre o balcão. A fumaça que sobe da frigideira embaça a luz dos neons entre os eflúvios de açúcar em pó que se carameliza, do chocolate quente que derrete e, às vezes, pinga, cai, mancha o lajeamento. A concha com a massa ergue-se, abaixa-se, traça as tíbias cruzadas no utensílio da cozinha, e Lucrèce abre a gaveta da caixa registradora.

– Uma panqueca? Três euro-ienes. Obrigada, senhor.

Sobre a prateleira das lâminas de barbear que foi liberada, Marilyn amontoa maçãs – não aquelas dos kits de Alan Turing – numa centrífuga, da qual ela extrai um suco fresco que despeja nos copos.

– Um euro-iene, por favor.

Ernest faz uma demonstração de *seppuku*, mas a lâmina do *tanto* retorce-se contra sua barriga e entorta como um "8", como uma barra que se anela.

Mishima esfrega as pálpebras e desce a escada. O guarda do cemitério vende três sabres a alguns clientes sorridentes, enrola-os e coloca-os em grandes sacolas onde está escrito "Epa!". O senhor Tuvache tem de baixar a cabeça para passar por baixo das guirlandas, mas bate a testa em alguns lampiões de cores festivas. Ele diz a si mesmo que talvez esteja sonhando. Mas não, porque sua mulher o chama:

– Ah, querido, até que enfim! E tanto melhor: você poderá nos ajudar, porque estamos atarefadíssimos. Quer uma panqueca?

Um verdadeiro desesperado – que não está sabendo das mudanças ocorridas na loja – entra e dirige-se direto até Mishima, que ostenta a mesma cara acabrunhada que ele:

– Eu gostaria de um bloco de cimento para me jogar no fundo do rio.

– Um bloco de cimento... Ah! Ainda bem! É bom rever alguém normal! Eles os tiraram do lugar? Ah, não, estão sempre aqui...

O senhor Tuvache respira fundo e dobra-se para poder escorregar as mãos sob o bloco, mas se espanta por erguê-lo com tanta facilidade. Aquele bloco de cimento lhe parece extraordinariamente leve. Ele poderia girá-lo equilibrando-o sobre um dedo! Aqueles poucos dias de repouso não podem ter lhe dado tanta força. Escrutina a textura, que arranha com as unhas.

– Espuma de polietileno... – conclui.

O cliente sopesa o bloco de cimento e por sua vez diz:

– Mas isso flutua! Como poderei me afogar com ele?

Mishima faz uma careta e arqueia as sobrancelhas, sacudindo a cabeça.

– Creio que não se deve amarrá-lo nos pulsos. Mas, se for amarrado em um tornozelo, talvez seja possível afogar-se com esse bloco de espuma de salva-vidas...

– Qual é o sentido de se vender isso?

– Francamente, não sei. O senhor quer uma panqueca?

O cliente, desnorteado, observa a multidão variegada e mascarada que sopra línguas de sogra e faz a dança dos paspalhos:

– Esta é a dança dos paspalhos, dos paspalhos, dos paspalhos!

– Será que toda essa gente deixou de assistir aos noticiários na televisão? Não se desespera nunca pelo futuro da Terra?

– Era o que eu estava me perguntando – responde Mishima àquele que desejava passar sua noite no fundo do rio. – Eu bem que o acompanharia!

E eles se abraçam, um chorando sobre o ombro do outro, enquanto, na seção dos refrigerados, Alan, que estendeu um lençol, propõe um espetáculo de marionetes no qual tudo seria belo, irreal, maravilhoso e forçosamente estúpido. Vincent mostra-se à vontade nesse ambiente de festa de feirantes e suas fumaças.

Com a cabeça enfaixada, ele não sorri, lógico, mas demonstra estar bem melhor. Lucrèce, que descobre o marido coberto de lágrimas, precipita-se e zanga-se com o cliente que o tem nos braços:

– Ei, deixe-o em paz! O que você lhe contou para colocá-lo nesse estado? Vamos, vá embora!

– Eu queria apenas encontrar alguma coisa para me matar esta noite – o homem justifica-se.

– O senhor não viu a faixa sobre as gôndolas? Aqui, a gente só se suicida de velhice! Ande, saia já daqui!

E ela acompanha na direção da escada, no meio da multidão alegre, o marido cambaleante, que indaga:

– Do que são feitas as novas lâminas do *tanto*?

– De borracha.

– E por que mudaram o material dos blocos de cimento?

– Porque eu temi que, quando os clientes dançassem, sem querer algum deles acabasse batendo o cotovelo na gôndola central. Já imaginou se algum desses blocos caísse em um pé? Que estrago! Por preocupação semelhante, alteramos as cordas, e agora vendemos com elástico as mesmas que são usadas para os saltos. Foi ideia de Vincent, que me disse que, quando o cliente, depois de empurrar o banquinho, tiver batido com a cabeça no teto duas ou três vezes, acabará perdendo a vontade de recomeçar. Você sabe que trocamos de fornecedor? Não usamos mais os produtos da Eu Não Ligo para a Morte. Agora compramos tudo da De Tanto Rir. E quer saber? Já triplicamos nosso lucro!

Os joelhos de Mishima dobram-se. A esposa o sustenta pelas axilas:

– Vamos, para a cama, meu tenebroso!

31

AGORA, COM A LOJA ESVAZIADA de sua clientela e no silêncio reencontrado da noite, a senhora Tuvache está no quarto de Alan. Sentada numa cadeira, ela o observa dormir. A forma que os braços de Lucrèce assumem naquela posição – mãos cruzadas atrás da cabeça e cotovelos abertos – faz pensar nas pálpebras de um grande olho pousado sobre um busto. A pupila – a cabeça da senhora Tuvache reclinada sobre um ombro – parece virada e abaixada na direção do rosto miúdo de Alan, que transmite felicidade de viver em cada traço.

Será preciso acorrentá-lo com ferros um dia e jogá-lo ao mar, esse marinheiro inventor das Américas? Com o narizinho apontando para cima, ele sonha com paraísos brilhantes. Alan é como um oásis num deserto de tédio. Com a nuca apoiada no vão de um travesseiro sintético, ele retorce um pouco os lábios, envolvido por uma das histórias de seus sonhos. As pálpebras de longos cílios e doces como a lua estão cerradas. Tudo nele inspira uma esperança totalmente anacrônica.

Esse pequeno, que faz sonhar o dia nos cérebros humanos, tem o ar simples da água corrente que vai espalhando sobre tudo sua despreocupação feliz. Ele se assemelha a esses belos horizontes que nos arrastam para lugares desconhecidos. E os pés, sob os lençóis, parecem estar em uma corrida aventurosa. O cheiro do seu quarto... Ele é repleto de perfumes frescos como a carne das crianças. O sono de Alan é pleno de milagres por causa de um capricho singular. Arquiteto de contos de fadas, oh, o cérebro infantil!

Esta noite, a lua sonha com mais preguiça. A senhora Tuvache levanta-se e acaricia os cachos dourados de Alan, que abre os olhos e lhe sorri. Depois ele se vira e torna a adormecer. A impressão que se tem é de que a vida, a seu lado, é tocada por um violino.

32

LUCRÈCE ESTÁ NA CAMA, ao lado do marido. Alongada sobre o dorso, com os braços estirados ao longo do corpo, um silêncio de eternidade paira sobre ela. As formas apagam-se e não são mais do que um sonho, mas eis que chega a nuvem horrenda de seu passado, que a faz, em seu interior, dobrar lentamente os joelhos.

Quando Lucrèce era pequena – quatro ou cinco anos –, a mãe pedia-lhe para esperá-la depois das aulas, sentada num banco do pátio da escola, e prometia que, se ela fosse muito boazinha, a levaria para brincar no balanço.

A mãe costumava chegar atrasada. Às vezes nem sequer aparecia, e então a diretora da escola dizia-lhe para voltar sozinha para casa. O pai, apesar das promessas, jamais ia buscá-la. E muitas vezes, à noite, a garotinha esperava tranquilamente, muito tranquilamente, que a mãe viesse para levá-la para o balanço.

Será que algum dia ela brincou no balanço? Lucrèce não lembra mais. Recorda-se somente da espera, a fantástica espera de que sua mãe a visse brincando no balanço.

As mãozinhas rechonchudas, com as extremidades dos dedos levantadas, pousadas sobre as coxas, e o torso ereto, de jeito nenhum afrouxado, olhos escancarados, ela fitava à sua frente. Lucrèce olhava direto adiante, mas não via nada! Ela não era senão bem-comportada – tanto quanto uma imagem –, e por isso a mãe teria de vir buscá-la, de tão bem-comportada que era!

Lucrèce proibia-se qualquer movimento; nenhuma palavra, nenhum sopro de suspiro. Esperava tão tranquila que a mãe teria de vir. Se a ponta do nariz coçava, ou se uma meia escorregasse pelo seu tornozelo, ela permanecia imóvel. Mamãe viria. Lucrèce dissolvia-se dentro de si mesma, aspirava a coceira da ponta do nariz, esquecia o incômodo da meia no tornozelo. Tinha aprendido a integrar esses fatos. Sabia controlar-se, aprendera a tornar-se zen. Quando mais tarde viu as reportagens sobre os antigos monges, deu-se conta de que, aos quatro anos, ela já sabia se colocar no mesmo estado mental. Lucrèce guardou, do início de sua primeira infância, a faculdade dessa ausência, essa maneira de, de repente, olhar muito longe à sua frente. É como um grande buraco em sua cabeça, como quando esperava a mãe no pátio da escola. Ela se mineralizava, não sentia mais nada em seu corpo, poderia jurar que nem respirava mais. Quando a mãe chegava, a filha não estava mais viva.

Lá fora, chove ácido sulfúrico sobre os vidros do quarto.

33

– EU SEI, SEI MUITO BEM, sei perfeitamente! O que vocês acham? É óbvio que tudo mudou aqui durante minha depressão. Não reconheço mais nada. Uma vaca não encontraria seu bezerro!

Mishima, quase recuperado, de colete e camisa xadrez, tem na cabeça um cone de papelão branco decorado com círculos multicoloridos, preso no queixo por um elástico esticado. Ele observa, com ar incrédulo, o homem muito sério a quem se dirige, e explica:

– E, no entanto, tinha algumas ideias para que isso continuasse como antes. Eu pretendia organizar uma excursão de avião em volta do mundo. Ninguém teria acreditado! Teríamos proposto uma seleção das companhias aéreas regionais mais perigosas, e com os pilotos menos confiáveis. A Eu Não Ligo para a Morte havia empregado uns vinte alcoólatras depressivos sob efeito de tranquilizantes, e sempre com o nariz no pó, mesmo nos comandos. Colocaríamos todas as chances ao nosso lado. A cada escala, os passageiros suicidas subiriam num novo avião escangalhado, perguntando-se se ele iria se espatifar contra uma montanha, no fundo de um oceano, num deserto, sobre uma cidade... As pessoas não saberiam em que lugar do globo iriam morrer. Sim, mas eis que então mudamos de fornecedor.

– O senhor não devia se queixar – o interlocutor de Mishima comenta –, porque os negócios parecem ir muito bem por aqui.

– Olhando ao redor, ele nota a quantidade de clientes que entram na Loja dos Suicidas.

Cada um beija afetuosamente Lucrèce nas bochechas:

– Como vai, senhora Tuvache? É muito bom voltar a seu estabelecimento.

Ela, fantasiada de ampola de veneno, com a cabeça coberta por uma boina em forma de tampa, lhes propõe as travessas com as especialidades culinárias dessa segunda-feira – carneiro suicida, carne de boi afogado, pato ao molho pardo –, que ela anotara no quadro-negro em que antes escrevia o nome do coquetel envenenado do dia.

Lucrèce desmontou e desceu para o porão a dupla gôndola central para instalar, no lugar, uma mesa longa, em torno da qual os clientes se reúnem para considerar as possibilidades de soluções para o futuro do mundo.

– Para resolver o avanço do deserto – sugere um deles –, seria preciso poder transformar a areia num material útil para os povos, como os homens já fizeram com as florestas, o carvão, o petróleo, o gás.

– Sem dúvida, se a gente a compactasse e a aquecesse em temperaturas extremas – intervém um outro –, poderiam ser feitos tijolos vitrificados de incrível dureza, que seriam indispensáveis nas construções.

– Ah, sim, é isso! – exclama uma moça. – E assim cada imóvel, ponte, ou qualquer outra construção seria uma pequena vitória sobre as dunas!

– As regiões do mundo que sofrem mais por causa dessa calamidade se tornariam as mais ricas. Seria ótimo.

– Eu vou anotar essa ideia – Alan entusiasma-se, sentado à cabeceira da mesa, com sua fantasia de Aladim. – Sempre tem uma solução pra tudo. Não podemos nos desesperar jamais!

Escutar isso em sua loja provoca alguma coisa em Mishima...

São cada vez mais numerosas as pessoas que adoram vir para se encontrar e esperar na Loja dos Suicidas, que eles agora chamam de "LDS". Mishima, estupefato, prefere manter provisoriamente suas antigas posições, diante do homem diante de si.

– Eu queria instalar uma caixa de correio onde os clientes pudessem colocar uma carta para explicar seu gesto. Seria interessante, não acha? Os parentes do suicida, ou os amigos, se ele os tivesse, poderiam vir consultar a correspondência do defunto que lhes fosse destinada. Digo a mim mesmo que, sem dúvida, depois, tomados pela dor, eles teriam visitado as gôndolas e conseguido comprar algo que lhes seria útil também. Eu tinha previsto semanas de promoção: a semana da corda, por exemplo. Para o Dia dos Namorados, um preço especial para dois.

Marilyn, fantasiada de fada sexy e divertida, está na seção dos refrigerados. A moça não toca mais nos clientes senão com sua varinha mágica e brinca:

– Opa, você está morto!

Uma luzinha verde se acende e crepita, soltando centelhas da ponta de sua varinha assim que é tocada. E os pretensos suicidas jogam-se e rolam pelo chão, fingindo terem sido atingidos por horríveis convulsões, para grande desespero de Mishima, que recebe, apesar de tudo, os doze euro-ienes do *Death Kiss*... ou aquilo em que ele se transformara, fosse o que fosse!

O comerciante tira o elástico, que o pinica na pele do pescoço, de sob o queixo.

– Minha filha está grávida do guarda do cemitério. Ela vai dar à luz. Você acredita?

O homem responde:

– O senhor mesmo, se teve três filhos, devia dar valor à existência.

– Três filhos... O terceiro... – Mishima dá de ombros. – Eu sonhava em pôr em prática uma ideia que meu filho mais velho teve; isso antes de ele se deixar absorver e destruir pelo caçula. Tratava-se de uma simples coroa metálica que seria colocada sobre a cabeça, que teria um pequeno braço articulado na parte de trás, em cuja ponta seria afixada uma lente de aumento. Dessa maneira, as pessoas, no verão, poderiam se suicidar por insolação. Bastaria se sentar num lugar sem sombra e regular a lente de aumento até encontrar seu ponto de incandescência. Quando os cabelos começassem a cheirar a queimado, era preciso ficar imóvel. A ponta concentrada do raio de sol teria atingido o couro cabeludo, e logo depois a caixa craniana. Mais tarde, quando os desesperados fossem encontrados, umas fumacinhas teriam se levantado do grande buraco negro do crânio queimado. Mas agora isso faz parte do passado, infelizmente. Olhe aquele ali, meu mais velho, que era meu orgulho. Veja o que ele se tornou! Antigo anoréxico com o temperamento de um verdadeiro psicopata, de assassino em série, ele descobriu uma nova paixão. O senhor sabe por quê? Panquecas! Francamente... Ele come panquecas da manhã até a noite!

Vincent, bochechas arredondadas e curta barba vermelha, olhos ainda furiosos sob a atadura da cabeça, está fantasiado de Morte, com um camisolão preto todo pintado com ossos brancos. Remexendo uma massa mole numa travessa, observa o pai, que vem bater com a mão em seu abdome proeminente.

– Está ganhando peso o esqueleto, hein!

E Mishima torna a virar-se na direção do visitante, e o pega como testemunha.

– O senhor vê que não me faltavam ideias! Isso até me deixou um pouco fraco durante alguns dias, o tempo necessário para que o restante da família cumprisse sua prevaricação sob a influência do outro sedutor, o Otimista, aquele lá. E então, eis o resultado! Veja só isso: os novos revólveres descartáveis têm balas de festim, os bombons da morte fazem mal só para os dentes, e as cordas para se enforcar... Ah, se eu contasse! Os sabres para o *seppuku* servem agora para matar moscas.

– Sim, mas como fica nosso negócio numa situação dessas? – inquieta-se o visitante, com ares e pose de um personagem oficial, enviado numa missão especial. – É que se trata do suicídio coletivo de todos os membros do governo regional! Não podemos lhes vender mata-moscas!

– O que o senhor desejaria?

– Não sei, eu... Já que o senhor me falava agora há pouco do Mercador de Areia, se ainda tiver um pouco no estoque para quarenta pessoas...

Mishima chama sua mulher fantasiada de ampola de veneno, que escuta, perto da mesa de reunião, todos os "poderíamos", "teríamos de fazer", "faríamos isso e aquilo".

– Lucrèce! Ainda temos na cozinha um pouco de beladona, de geleia maçante e de sopro do deserto?

– Para fazer o quê?

– Como para fazer o quê? – suspira o comerciante diante do enviado do governo. – Eu lhe digo, às vezes ela perde o rumo, essa daí...

Depois, eleva de novo a voz na direção de Lucrèce:

– O governo, reconhecendo sua incompetência e sua culpa, decidiu pelo suicídio coletivo, ao vivo, em transmissão direta pela televisão, hoje à noite! Você poderia preparar o necessário?

– Verei o que tenho. Você vai me ajudar, Alan?

– Sim, mamãe.

34

– QUEM OUSOU FAZER ISSO? Quem ousou? Quem foi o imbecil?!

Mishima sai de seu apartamento, os olhos esbugalhados como discos voadores. Ele acaba de amarrar o cinto amarelo de seu quimono, que tem uma cruz vermelha de seda sobre o plexo solar.

Braços e pernas afastados, ele tem na mão um *tanto* de lâmina afiada e brilhante – não de borracha –, que retirou da parede por cima do aparador da sala de jantar.

Mishima engole com dificuldade o conteúdo de um copinho de saquê. Em cima dos degraus e com pantufas floridas nos pés, ele está muito ameaçador, como um samurai prestes a atacar. Poderíamos acreditar que ele fala japonês.

– Quem fez isso? Quem?!

Embora fazendo a pergunta, Mishima desce, por instinto, na direção de Alan, que agita simploriamente marionetes na seção dos refrigerados. Lucrèce, mãos na cabeça, abaixa os braços rápido e coloca-se na frente do marido:

– O que está acontecendo agora, querido?!

Ela parece enxergar muito longe à sua frente, enquanto o marido recorta o ar com grandes golpes do sabre, tentando atingir Alan, que foge correndo e, passando entre as pernas do pai, sobe as escadas em disparada, gargalhando.

O senhor Tuvache vira-se e o persegue. Do alto da escadaria, Alan, para não se deixar pegar numa armadilha em seu quarto, ou em outro cômodo da casa, prefere abrir a pequena porta à esquerda – aquela que dá para a escada em caracol que leva até a torre (campanário da igreja, minarete de mesquita ou...). O pai prossegue em seu encalço pelos degraus escorregadios da pedra gasta. A lâmina do sabre, batendo contra as paredes, lança raios. Ele grita:

– Quem foi o imbecil que colocou gás hilariante no coquetel do governo?!

A mãe, acreditando que o marido vai matar o filho caçula, retorna da cozinha com um vidro de beladona, e corre também para a estreita escadaria, seguida de perto por Marilyn, que grita "Mamãe!" e "Vincent!". Ernest – sempre um pouco perdido na nuvem de ácido sulfúrico – pergunta:

– Mas o que está acontecendo?

– É que...

O senhor Tuvache, ofegante depois da subida íngreme, engasga, e é alcançado na plataforma da torre estreita e vertiginosa pelo resto da família. O lugar azulejado é circular e recoberto por um teto cônico de ardósia, no qual se percebem as vigas da estrutura de madeira. Nas paredes, algumas frestas a céu aberto, semelhantes a seteiras, serviriam, sem dúvida, para espalhar melhor o som dos antigos sinos, ou a voz, ou o alto-falante de algum muezim desaparecido. Aqui ressoa continuamente uma corrente de ar. O vestido largo, branco e plissado de Marilyn esvoaça quando ela estende os braços para prender a barra da saia com os punhos entre as coxas. É noite. Alguns letreiros vermelhos e verdes, destilando gigantescas publicidades chinesas, iluminam a torre. A senhora Tuvache ergue o pote de plástico branco cheio de beladona e o leva até os lábios, ameaçando o marido, que se aproxima de Alan:

– Se você o matar, eu me mato!

– Eu também! – grita Marilyn, fechando sob o queixo a tira do capacete que contém as duas bananas de dinamite, e que Vincent lhe dera em seu aniversário de dezoito anos. Nas mãos, os fios do detonador.

O filho mais velho colocou a lâmina de uma grande faca de cozinha contra o próprio pescoço.

– Vá em frente, papai!

Mishima os encara.

– Não é Alan que eu quero matar, é a mim mesmo!

Lucrèce, os lábios contra o gargalo, não se desconcerta.

– Se você se matar, eu me mato!

– U tumum! – É o que se ouve da voz sufocada de Marilyn dentro do capacete com a viseira de metal blindado, o que significa "Eu também".

– Vá em frente, papai – repete o outro louco, Vincent, comendo uma panqueca.

– Então isso não vai acabar nunca? – intervém o doce Ernest, de repente fora de si. – Marilyn, querida, você vai ser mamãe! Além do mais, meu sogro, se o senhor fizer isso, quem irá cuidar da loja?

– Não existe mais a Loja dos Suicidas – declara Mishima.

Isso gela o ambiente.

– Como assim? – Lucrèce abaixa, enfim, o frasco de beladona.

– Eles vão destruir tudo! Ou melhor, eles vão fechá-la amanhã de manhã!

– Muf quef? – quer saber Marilyn.

– Quem? Aqueles que nós ridicularizamos esta noite, minha filha...

O vento sopra em rajadas no alto da torre, assobia pelas arestas dos muros. Alan recua, enquanto o pai avança e conta:

– Após ter feito ao vivo, no jornal da televisão, sua autocrítica pessoal, o chefe do governo destampou o vidro de Mercador de Areia colocado à sua frente e o cheirou. Todos os ministros e secretários de Estado da região o imitaram. Nenhum deles tocou ou engoliu o coquetel (não valia nem a pena, ninguém morreu). Mas todos eles caíram numa gargalhada enorme, enquanto cada um se lembrava de um terror sofrido na infância, dando risada. Disse o ministro das Finanças: "Eu costumava ir de férias para o sítio de minha avó, e a cada manhã ela colocava víboras em minha cama para me acordar. Bem, na verdade eram serpentes mortas, mas eu tinha muito medo! Quando voltava para a Cidade das Religiões Esquecidas, eu gaguejava de terror e fazia xixi na calça. Puxa! Vai recomeçar..." E foi então que um cheiro de urina espalhou-se pela sala. Foi a vez do ministro do Exército: "Para mim, diziam: 'Feche os olhos e abra a boca.' Eu pensava que era para me darem balas, mas me faziam engolir cocô de coelho! Argh!", e ele começou a pular por todo lado como se fosse um coelho, e a rolar pelo chão. E o ministro do Meio Ambiente: "Lembro-me de que, quando tinha doze anos, me proibiam de colher flores dos canteiros afirmando que eram flores de trovão, e que se eu pegasse uma, um raio cairia em minha cabeça! Bem, mas eu estou falando de um tempo em que ainda existiam flores nos campos! Rá-rá-rá! Agora, depois de minha passagem no ministério, não existe mais o risco de isso acontecer. Oh, oh, oh! Não existem mais flores selvagens!" Em seguida, ele pegou seus cabelos aos punhados, rindo, e começou a arrancá-los dizendo: "Eu me amo um pouco, uma loucura, mas não amo todo mundo!" Fiquei estupefato, como devem ter ficado todos os espectadores, e tive de limpar os punhados de cabelo do ministro caídos sobre minhas mangas. Por fim, declamou o presidente, que chorava de tanto rir: "Certa vez, um tio me fechou num saco de batatas que colocou dentro de uma charrete, e depois chicoteou o cavalo para que ele galopasse. Sacudindo, com o chacoalhar da charrete, caí e acabei na beira da estrada, fechado num saco de batatas! Puxa! Deveriam ter me deixado lá! Rá-rá-rá! Assim não teria conduzido minha região ao desastre. Oh, oh, oh!" Foi uma transmissão tão absurda que o diretor precisou interrompê-la abruptamente, porque os técnicos do estúdio rolavam de tanto rir. As tomadas das câmeras da 3D Sensações Integrais ziguezagueavam e enviavam imagem em todas as direções. Ninguém via nada, ninguém compreendia nada. Tudo isso porque um celerado fez os membros do governo respirarem gás hilariante! Não é mesmo, Alan?!

A criança de doze anos recua.

– Mas, papai, eu não sabia! Eu tava com a máscara de mamãe no rosto e não percebi nada. Peguei a garrafa de sopro do deserto no lugar de sempre, mas esqueci que tínhamos trocado de fornecedor e... que agora é a De Tanto Rir que nos entrega...

O pai avança, tendo na mão fechada seu *tanto*, com a ponta da lâmina apontada para o centro da cruz de seu quimono. A cabeça encharcada reluz de cores escorregadias. Lucrèce caminha a seu lado, preparada para engolir um litro e meio de beladona. Marilyn, com o grande capacete preto na cabeça, parece uma grande mosca de pesadelo. Com seu vestido ultrassexy de estrela de cinema, ela avança, cega, segurando os dois detonadores. Quanto ao artista Vincent, este, que se parece com um faquir bestamente iluminado, faz uma careta terrível sob o arroto de uma panqueca e se refestela de antemão com os esguichos de tinta vermelha que vão regurgitar do tubo de sua garganta.

Alan recua em pânico diante da visão alucinante de toda a família na tempestade que vai cair, como cadáveres diante dele. Uma publicidade para pastilhas efervescentes sobe suas bolhas ao longo de toda a altura da Torre Zeus. Alan recusa o inevitável e estende a mão:

– Não, não, não faça isso! – Ele recua e cai.

Suas costas passaram por uma abertura da parede. As pernas levantaram-se no ar e caíram, direto. Lucrèce, Mishima, Marilyn, Vincent e também Ernest abandonam tudo sobre o chão – vidro de beladona, *tanto*, faca – para se precipitar e olhar através da abertura. Marilyn, que se enrosca nos fios dos detonadores de seu capacete integral, cuja viseira a cega, pergunta:

– O que houve?

Seu guarda do cemitério retira a correia e responde:

– Alan passou pela janela.

– O quê?!

Mas ele ainda não escorregou até o Boulevard Bérégovoy. O menino está lá, sobre um pequeno parapeito, um andar abaixo, suspenso, segurando com a mão direita uma calha de zinco cujos prendedores se soltam um a um. Seu ombro direito bateu com a queda e imobilizou-lhe o braço. A calha dobra-se e vai levar junto Alan. Ela se quebrará completamente. É então que chega até a criança uma longa faixa branca. É Vincent que se "desturbantizou"! Rápido, e debruçado no vazio, ele desenrola a longa faixa de gaze, retirando-a da cabeça, e esta chega sem demora até a mão de Alan, que a pega, enquanto a calha se solta e despenca barulhenta, no fundo das trevas, sobre a calçada. Os pais e a irmã, surpreendidos, voltam-se para o irmão mais velho, que segura ainda, bloqueada entre os punhos fechados, a longa faixa de gaze que retém Alan.

– Depressa, me ajudem!

Mishima, Lucrèce, Marilyn e Ernest ajudam Vincent e puxam juntos e docemente a longa faixa para que ela não se rasgue. E Alan sobe, aos poucos, pequena sacudidela por pequena sacudidela. Eles vão conseguir. Com dez mãos cuidadosas, à medida que a leve criança sobe, eles fazem a faixa descer para dobrar, triplicar a espessura e a segurança.

– Que medo eu tive! – confessa Lucrèce.

– Que bom que você estava aqui, meu filhão. – Mishima suspira.

– Nosso filho irá se chamar Alan – decide Marilyn, em lágrimas. – Se for uma menina se chamará Alane.

Ernest concorda, e o pequeno Tuvache sobe, sobe. Ele observa no ar as cabeças debruçadas em sua direção: o pai, a mãe, a irmã, o irmão e o quase cunhado. Mishima ri.

– De qualquer maneira, não me importarei se o governo fechar a Loja dos Suicidas por decreto! Com o dinheiro ganho nos últimos tempos vendendo farsas e pegadinhas, poderemos gerenciar até o François Vatel do outro lado da rua, e vamos rebatizá-lo. Haverá de se chamar Aqui É Melhor do que Ali na Frente. Vamos fazer...

– ...uma loja de panquecas? – sugere Vincent.

– Se você quiser! – diz, rindo, o senhor Tuvache, que o caçula, desde seu nascimento, nunca viu alegre desse jeito.

O mais velho ilumina-se também – essa é nova –, observando sua faixa:

– Eu não quero mais esta cabeça de morto, que venho usando há tanto tempo. De agora em diante farei panquecas redondas como a cara de Alan, com dois buracos redondos como seus olhos risonhos e uma fenda com um grande sorriso otimista. Em torno da panqueca, com a concha pingando, traçarei os cachos de seus cabelos, e vou pulverizar um pouco de chocolate em pó sobre a panqueca, para imitar as sardas de suas bochechas! Mesmo as pessoas sem apetite vão querer expô-las em molduras ao lado das suas camas, para acreditar em algo bonito.

– Oh, isso seria a felicidade! – cantarola Lucrèce, que o caçula nunca tinha ouvido cantar.

E o menino, seguro por uma mão, sobe. Ele está a quase três metros deles. Sobre as costas de sua malha clara e de sua calça escorregam os reflexos dos ideogramas chineses da publicidade. Alan, segurando a faixa, sem pedir socorro, e sem ódio ou medo por aquilo que eles foram, observa-os, subindo de sacudidela em sacudidela. A felicidade de todos, a fé repentina no futuro, esses sorrisos radiantes no rosto são a obra de sua vida. A dois metros dele, a irmã está hilária. A senhora Tuvache o vê se aproximar como se visse de repente a mãe chegar ao pátio da escola. A missão de Alan está cumprida. Ele abre a mão!

Este livro foi composto em
Berkeley e Badhouse e impresso pela
Edigraf sobre papel pólen soft 70g
para a Ediouro, em janeiro de 2010.